KB059083

첸시

▮▮▮▮▮▮▮▮▮▮▮▮▮ Jiangxi △

사이렌
Siren ▮▯▮ ▮▮▯▮▮▮▯ ▮▮▮▯▮ ▮

"귀여운 여자애가
기사를 목표로 삼은
이유가 궁금했어."

몰리
Mollic

AG007-M921G [M]

골드 라쿤
GOLD RACCOON

CONTENTS

나는 성간 국가의
I am the Heroic Knight of the Interstellar Nation
영웅 기사!

> 미시마 요무 <

illustration
> 타카미네 나다레 <

커버 그림, 본문 일러스트 | **타카미네 나다레**

한 소녀가 초원에 서 있었다.

기분 좋은 바람이 불어 풀을 흔들고, 위로는 파란 하늘이 펼쳐져 있었다.

해가 내리쬐고 있는데 뜨겁지는 않고, 오히려 시원할 정도다.

소녀는 하얀 원피스를 입었고, 밀짚모자를 쓰고 있었다.

바람에 날리지 않도록 오른손으로 누르고 있었고, 왼손에는 먹을 것이 든 바구니가 있었다.

"어라? 난 무엇을……."

주위를 둘러보는 소녀는 자신이 지금부터 무엇을 하려고 했는지 기억나지 않았다.

약간 불안해하고 있으니 저편에서 남자가 걸어왔다.

하얀 셔츠에 검은 슬랙스로 편안하게 옷을 입은 젊은 남자다.

얼굴은 흐릿해서 보이지 않지만, 소녀는 젊은 남자── 청년의 존재를 알아차리고 손을 흔들었다.

길지도 짧지도 않은 흑발이라는 건 왠지 모르게 알았다.

달려서 청년에게 다가갔다.

자신도 믿기지 않았지만, 이 청년은 아는 사이── 깊은 관계를 맺고 있는 것으로 알고 있었다.

"늦었잖아~. 기다리고 있었다구."

청년은 조금 난처하다는 표정을 지었지만, 소녀에게서 바구니

11

를 받고 팔짱을 끼고 걷기 시작했다.

미소 짓고 있는 청년—— 하지만 얼굴은 잘 보이지 않는다.

소녀는 청년의 팔을 끌어안았다.

"있잖아, 이제 어디 갈래? 아니면 점심 먹을까?"

청년은 식욕을 보이는 소녀에게 미소 짓고 있었다.

청년이 바구니를 든 손으로 초원 끝에 있는 한 그루의 나무를 가리켰다.

그건 아직 어린나무였다.

가늘고 듬직하지 못했다.

그래도 푸르른 잎을 가지고 있었다.

"저기에 가고 싶어?"

청년이 고개를 끄덕이자 소녀는 환한 웃음으로 응했다.

"응, 좋아! 나도 가고 싶으니까!"

그대로 청년과 둘이서 한 그루의 나무를 향해 걷기 시작했다.

소녀가 청년의 얼굴을 올려다봤을 때——.

어둑어둑한 넓은 방에는 액체로 채워진 캡슐이 비스듬히 세워진 상태로 나열되어 있었다.

캡슐의 수는 수백 개로 많았고, 캡슐 안의 액체는 어렴풋이 빛을 발해 어두운 방을 어둑어둑한 정도로 비추고 있었다.

캡슐이 나열된 만들어진 길을 걷는 자들은 백의를 착용한 자들이었다.

하나하나의 캡슐에는 알몸의 여성들이 들어있었다.

백의를 입은 자들은 캡슐 안의 상태를 확인하고 있었다.

그중 한 명이 손목시계 형태의 단말기로 시간을 확인하고는 작게 끄덕였다.

주위의 동료들에게 시선을 주자 고개를 끄덕여 응했다.

백의를 입은 여자가 단말기를 조작하자 천장의 조명이 켜져 방이 한 번에 밝아졌다.

"각성 준비에 들어갑니다."

여자가 그렇게 말하자 직원들이 분주하게 움직이기 시작했다.

"1번부터 30번까지 먼저 각성시킨다."

"31번 이후는 20분 간격으로 각성시키겠습니다."

"제1진이 눈을 뜬다. 전원, 입을 것을 준비해줘."

소란스러워지는 가운데, 액체로 채워진 캡슐 안에서 한 소녀가 눈을 떴다.

녹색 액체는 약간의 점성이 있어서 몸을 움직일 때는 저항이 느껴졌다.

맨 처음에는 잠에서 깨어나 사고가 흐리멍덩했다.

깨어난 소녀—— '엠마 로드먼' 중위는 시야 안에서 자신의 갈색 머리카락이 액체 속에서 하늘하늘 움직이는 가운데 손을 움직였다.

쥐었다 폈다 반복하기를 몇 번.

의식이 차차 또렷해지면서 현재 상황이 이해됐다.

(아, 그런가. 교육 캡슐에 들어갔구나. ……뭔가, 엄청 좋은 꿈을 꿨어.)

모르는 청년과 초원에서 데이트하는 꿈이었다.

(난 남자랑 사귄 적도 없는데.)

자신이 어디에 있는지를 기억해내는 것과 동시에 캡슐 안의 액체가 배출되었다.

캡슐이 비스듬한 상태에서 천천히 세워졌고, 이어서 투명한 해치가 열렸다.

엠마는 몸의 무게를 살짝 느끼면서 캡슐 바깥으로 나왔다.

거기에 기다리고 있는 사람은 백의를 입은 여직원이었다.

교육 캡슐을 관리하는 기술자이자 의료 지식도 있는 사람들이다.

엠마의 얼굴을 보고 미소를 지어 보였다.

"단기 교육, 수고하셨습니다. 이번에는 일주일이었으니 재활은 필요 없습니다. 다만 며칠간은 몸이 무겁게 느껴질 겁니다."

그녀들에게서 배스로브를 받아 아직 머리가 완전히 깨지 않은 상태로 입었다.

"감사합니다."

젖은 몸으로 비틀비틀 걸으니, 방 안에 있는 다른 캡슐도 차례차례 열렸다.

거기서 나오는 사람은 주로 동료들—— 경향모 메레아의 여성

크루들이었다.

엠마가 멍하니 바라보고 있으니 옆에 있던 캡슐에서 나체의 여신이 기어 나왔다. 그러고는 그대로 바닥에 쓰러져 버렸다.

쓰러진 사람은 같은 소대의 정비병 '몰리 바렐' 일병이었다.

평소에는 트윈테일로 묶는 적갈색 머리카락은 묶지 않았고 큰 가슴을 드러내놓고 쓰러져 있었다.

캡슐 안의 액체에 약간 점성이 있기도 해서 캡슐에서 나온 몰리는 마치 로션에 젖은 듯한 모습을 하고 있었다.

"몰리?!"

엠마가 걱정해서 몰리를 안아서 상반신을 일으켰다.

조금 늦게 여직원들이 모여들어 몰리의 상태를 확인하기 시작했다.

"괜찮나요?!"

"……응?"

의식을 되찾은 몰리는 얼굴을 들어 엠마가 있다는 것을 알아차리자 그대로 눈동자를 촉촉하게 적셨다.

"엠마, 나……."

"왜 그래?! 무슨 문제 있었어?! 어, 어쨌든 의사 선생님들한테 봐달라고 하자!"

엠마는 당황했는데 몰리는 알몸인 채로 양손을 배에 대고 말했다.

"배고파……."

그 직후, 공복인 엠마의 배에서 소리가 나고 주위 사람들도 굳은 표정을 지었다.

여직원이 어이없다는 표정을 지었지만, 한숨을 쉬더니 쓴웃음을 지으면서 안도했다.

"깨어나자마자 공복을 느끼는 건 건강하다는 증거입니다. 하지만 일주일간 아무것도 먹지 않았으니, 처음엔 소화가 잘되는 것을 드세요."

여직원이 몰리에게 배스로브를 걸쳐주고 다른 캡슐로 향했다.

몰리는 엠마의 도움을 받아 일어서서 배스로브를 입었다.

"난 교육 캡슐이 거북하단 말이지……."

캡슐에서 나오자마자 거북하다고 말하는 몰리를 보고 엠마는 쓴웃음을 지었다.

하지만 그 기분은 이해가 됐다.

"이해해. 잠들어 있는 동안에는 무방비하고 이상한 지식을 주입할 우려도 있으니까."

교육 캡슐은 잠들어 있는 동안에 지식을 머릿속에 주입하고 육체를 강화하는, 굉장히 뛰어난 장치다.

이 세계에 없어서는 안 되는 장치이다.

하지만 위험 요소도 있다. 잠들어 있는 동안에는 악의를 가진 누군가가 침입해서 무슨 짓을 해도 막을 방법이 없기 때문이다.

그러자 지나가던 여직원이 대화를 듣고는 당당한 태도로 대답했다.

"문제없습니다. 다른 곳은 불명하지만, 번필드가에서는 저희가 항상 주의하고 있습니다. 게다가 인공지능이 감시카메라로 지켜보고 있으니까요."

캡슐 사용자에게 신뢰를 주기 위해 이런 이야기에 당당하게 대답하는 방침인 듯했다.

여직원은 그렇게 말하고 작업으로 돌아갔지만, 몰리는 납득하지 못한 표정이었다.

"알고는 있지만, 납득은 안 된단 말이지."

몰리의 솔직한 감상에 엠마는 쓴웃음을 지을 수밖에 없었다.

"그렇게 신경 쓰이면 감시 영상을 확인하는 방법도 있어."

하지만 몰리는 막상 영상을 확인하는 건 또 귀찮은 것 같았다.

"그렇게까지 하고 싶진 않은데. 그보다 배고프니까 몸을 씻자. 캡슐의 액체가 끈적끈적해서 기분 나빠."

"그래."

둘은 몸을 씻기 위해 방에서 나갔다.

교육 캡슐이 있는 시설은 대규모 병원과 비슷한 구조로 되어 있다.

사용자들은 환자복을 착용하고 캡슐에서 깨어난 후에는 바로 퇴소하지 않고 며칠을 시설에서 보내게 된다.

식당도 마련되어 있는데, 여기서는 소화가 잘되는 음식만 나온다. 몰리는 이 죽 같은 무언가를 불만스럽게 먹고 있었다.

몰리 옆에 앉은 엠마는 먼저 식사를 마치고 단말기로 다음 임무를 확인했다.

"다음 임무는…… 제7병기공장이네."

엠마의 말에 옆에 앉아있던 같은 소대의 '래리 크레이머' 준위가 반응했다.

앞머리가 길고 한쪽 눈이 가려져 있는 날씬한 이 남자는, 엠마의 이야기를 들으면서 죽 같은 음식을 몹시 맛있게 먹고 있었다.

"이제 막 캡슐에서 깨어났는데 벌써 다음 임무냐……. 애초에 우리가 굳이 병기공장에 갈 필요가 있긴 해?"

삐딱한 래리의 불만에 엠마는 기사학교에서 배운 지식을 늘어놓았다.

앞으로 할 임무에 의미가 있다는 걸 가르치기 위해서다.

"물론이죠. 번필드가는 병기 대부분을 '제7'에서 계약하니, 오버홀(분해점검)이나 수리를 할 때는 거기로 갈 수밖에 없어요."

래리는 관심 없다는 듯이 들었지만, 몰리는 병기공장에 가는게 제법 기쁜 모양이었다.

"제7의 신형을 볼 수 있는 건가! 하지만 래리의 말대로, 사실 우리는 가도 별로 의미 없지 않아?"

굳이 직접 가서 병기를 회수하는 의미가 있냐는 물음에, 엠마는 더 자세히 대답하려고 했으나 이상하게도 떠오르지 않았다.

"기사학교에서 배운 것 같은데…… 어? 왜 생각이 안 나지?"

당황하는 엠마를 보고 몰리와 래리는 각자 쓴웃음을 짓고 기막혀했다.

교육 캡슐로 지식을 주입해도 쓰지 않으면 잊기 마련이다. 엠마는 '꾸준함'이 얼마나 중요한지를 새삼 느꼈다.

그때 생각지도 못한 곳에서 대답이 들려왔다. 식판을 든 '더그 월시' 준위였다.

짧은 머리에 수염을 기른 중년 외모의 이 남자는 군 생활을 오래 했는데, 그는 지식 대신 그의 경험에서 비롯된 나름의 추측을 알려주었다.

"인수인계가 귀찮으니까 인원도 통째로 보내는 거지. 장비를 받은 곳에서 적응훈련도 끝내는 게 편하잖아? 귀족님들이 보기에 우리도 함대를 움직이는 부품이나 마찬가지란 뜻이지."

더그의 비뚤어진 답을 들은 몰리가 계속 고개를 끄덕였다.

"아~, 그런 거구나. 오케이~ 파악했어."

래리는 부품 취급을 받고 있다는 말을 듣고 불쾌해했다.

"참 불편한 이야기네요."

납득해버린 둘에게 엠마는 일어서서 부정했다.

"아니에요! 그런 게 아니에요!"

병사를 부품 취급하는 군대라는 이미지가 생기면 곤란하다. 엠마에게 번필드가의 군대는 동경——정의의 기사로 나아가는 첫걸음이다.

엠마는 그 정점에 군림하는 영주님에게 강한 동경을 품고 있다.

엠마가 정의의 기사를 목표로 삼은 이유도 번필드가의 당주인 백작의 영향이 컸다.

당연히 동경하는 사람이 이끄는 군대가 병사를 부품 취급한다는 식의 발언은 그냥 넘길 수 없었다.

강하게 부정하는 엠마를 어이없다는 표정으로 바라보던 래리는 들고 있던 숟가락으로 엠마를 가리키며 반박했다.

"글쎄다. 우리 군만으로도 억 단위의 인간이 소속돼있어. 높으신 분들은 병사 따위는 숫자로밖에 안 볼 거라고."

엠마가 부정하려고 하자 이 화제가 성가시다고 느낀 더그가 머리를 긁적였다.

"아가씨, 내가 잘못했으니까 다른 이야기 하자고. 더 즐거운 이야기를 하자."

"아가씨가 아니에요, 대장이에요. 대장! 여러분, 제가 상관이라는 걸 잊어버린 거 아니에요?!"

제3소대의 소대장인 자신에게 조금도 경의를 표하지 않는 부하들에게 엠마는 발끈했다.

그런 엠마의 호소를 흘려들으면서 더그는 본론에 들어갔다.

"그렇다면 대장님께 알려줄 게 있지."

더그는 자신의 손목시계형 단말기를 조작해 모두의 눈앞에 제7병기공장으로 보내는 함대 일람을 표시했다.

몰리는 함대의 규모에 놀랐다.

"3,000척? 이렇게나 잔뜩 보내면 제7도 감당 못 하는 거 아니야?"

래리는 뭔가 떠올랐는지 납득했다는 듯 고개를 끄덕이며 이야기했다.

"대부분 개혁 후에 사 모은 함정들이 아닐까? 내용연수(수명)가 얼마 안 남은 녀석이 많으니까 정비하거나 보상판매로 교체할 생각이겠지."

리스트에는 엠마가 소속된 경항모 '메레아'의 이름도 있었다. 다만 메레아는 판매나 정비가 아닌 '개수 예정' 표시가 붙어있었다.

자신들의 상황을 비관한 더그는 큰 한숨을 쉬었다.

"메레아는 내용연수를 이미 넘겼는데도 상층부 놈들은 개수해서 계속 쓸 셈인 거군. 좌천지에는 여전히 쌀쌀맞구만."

메레아가 소속된 변경 치안 유지 부대는 번필드가 내부에선 좌천지라 불리고 있었다.

좋지 않은 처우에 세 사람이 불만스러워하는 걸 보고 엠마는 아무 말도 할 수 없었다.

(메레아가 당장 파기해도 이상하지 않을 만큼 낡은 건 틀림없으니…….)

메레아는 백여 년 전에 건조한 전함이다. 게다가 열악한 환경에서 운용되었기 때문에 정비 면에서 수많은 문제를 안고 있었다. 당연히 최신 기종에 비하면 성능도 부족했다.

수백 년간 운용할 만큼 튼튼하다는 장점은 있지만, 정말로 그뿐이었다.

네 명이 의기소침해 있으니 더그가 기분 전환을 하기 위해서인지 스크린을 전환했다.

"……그래서 이번에 전군을 지휘하는 사람은 클라우스라는 녀석이야."

더그의 이야기를 듣고 래리가 바로 미간을 찌푸리며 반응했다.

"계급을 무시하고 기사님 등장입니까."

기사님── 경칭을 붙이긴 했지만, 엠마의 귀에는 그 경칭에 모멸적인 의미가 담겨있는 것처럼 들렸다.

래리는 기사에게 강한 분노를 품고 있는 것 같았다.

여기서 무슨 말을 해도 통하지 않을 걸 아는 엠마는 더그가 준비한 자료로 눈을 돌렸다.

(B랭크 기사 '클라우스 세라 몬트' 중령……. 들어본 적 없는 이름인데.)

무명 기사의 이름을 바라보고 있으니 래리가 클라우스에 대한 화제를 꺼냈다.

"들어본 적도 없는 이름이네요. 게다가 중령이라니, 이 규모의 함대를 이끌기에는 계급이 너무 낮지 않아요?"

이름 없는 기사가 이끌기에는 규모가 너무 크다.

몰리는 왜 클라우스가 선정됐는지 멋대로 예상했다.

"위에 연줄이 있다던가? 아니면 어차피 제7에 갔다가 오기만 하면 되니까 누구든 상관없었던 게 아닐까?"

그다지 관심이 없는 더그는 몰리의 말에 안이하게 동의했다.

"뭐, 우리는 기사 인력이 부족하니까. 이런 기사님이라도 쓸 수밖에 없는 상황인 거겠지."

인력 부족이라 말한 더그의 시선이 잠깐 엠마를 향했다.

그 시선의 의미를 알아차린 엠마는 발끈했지만, 반박할 수 없는 구석이 있기에 아무 말도 하지 않았다.

자신이 부족하다는 건 자각하고 있다.

엠마는 시선을 클라우스의 이름으로 돌렸다.

(클라우스 세라 몬트 중령이라. 어떤 사람일까?)

소행성이 수없이 떠다니는 우주.

그곳에는 우주 해적과 기동기사의 잔해가 떠다니고 있었다.

이제 막 잔해가 된 기동기사는 파괴된 부분에서 스파크를 방출하고 있었다.

파괴된 기동기사는 어렵사리 머리를 움직여 적을 바라보았다.

「추레한 용병 놈들이……!」

공격당한 이들은 순찰하던 변경 수비대였다.

적 기동기사 파일럿이 콕핏 내부에서 차갑게 웃었다.

"그건 나한테는 칭찬인데."

대답한 직후에 조종간을 움직여 기동기사의 검으로 수비대의 콕핏을 꿰뚫었다.

파일럿 여자가 헬멧을 벗자 반짝이는 듯한 하얀 머리카락이 무중력 상태인 콕핏에 너풀너풀 퍼졌다.

하얗고 고운 피부에, 파일럿 슈트 너머로도 알 수 있을 만큼 몸매가 좋았다.

정말 아름답고 매력적인 여성 파일럿이었지만, 그녀의 눈동자는 탁했다.

빛을 잃은 녹색 눈동자는 자신이 쓰러뜨린 기동기사를 무심하게 내려다보았다.

"빨리 항복했으면 목숨은 건졌을 것을."

오만한 말을 중얼거리자, 그녀의 동료들이 곁으로 모여들었다.

이들의 기동기사 왼쪽 어깨에는 용병단의 상징인 꽃 '달리아' 마크가 그려져 있었다.

거대 용병 조직 '벌처'에 소속된 용병단 중 하나인데, 여성 파일럿이 이끄는 달리아는 실력자 집단이다.

「시레나 단장님, 이쪽도 끝났습니다.」

「통일군 부대는 교섭이 안 돼서 귀찮네요.」

「제국이라면 푼돈을 살짝 비치면 못 본 척해주는데.」

모여든 기동기사에서 들려오는 소리는 여성 파일럿들의 목소리였다.

방금 전투를 치렀는데도 목소리가 상당히 쾌활했다.

느슨한 분위기. 원래라면 단장으로서 해이한 분위기를 다잡아야 할 상황일 것이다.

하지만 '시레나'는 부하들을 책망하지 않았다. 그녀는 오히려 그런 쾌활한 부하들을 마음에 들어 했다.

"모두 무사한 것 같아 다행이야. 역시 해적 호위는 받을 의뢰가 아니야. 보수는 나쁘지 않았지만, 통일군의 변경 부대와 싸우는 걸 생각하면 더 받아야 했어."

시레나가 이끄는 달리아가 받아들인 의뢰는 통일정부 내에서 활동하는 해적단 호위였다.

그들이 수송하는 것은 통일정부가 금지하고 있는 물품뿐.

다시 말해서 밀수다.

그 호위를 달리아가 맡고 있었다.

한 동료가 물었다.

「이 의뢰도 슬슬 끝이군요. 다음은 어딘가의 전장에 가지 않을 래요? 더 크게 벌어요.」

전쟁에 나가서 돈을 크게 벌고 싶어 하는 부하는 아무래도 공적을 더 세워서 출세── 용병으로서 이름을 날리고 싶은 모양이다.

그런 부하의 말을 듣고 시레나는 차가운 태도로 대답했다.

"다음 의뢰는 이미 정해뒀어."

기동기사들이 전장을 벗어나 모함으로 가는 도중에 시레나는 다음 의뢰에 관해 이야기했다.

"제국의 제7병기공장 습격이야."

의뢰 내용에 부하들은 십여 초간 말을 잃고 말았다.

「진심입니까?」

제국의 병기공장을 노리라는 이야기에 부하들이 주저하고 있었다.

상당히 위험한 임무 같았지만, 시레나는 어깨를 으쓱이고 내용을 말했다.

"어느 기체의 노획, 혹은 파괴 의뢰를 받았어. 의뢰를 완수하면 바로 철수하고 끝이야."

「그렇다면 뭐……. 하지만 왜 그런 성가신 의뢰를?」

"이유 같은 걸 캐물을 필요는 없어. 그만큼 파격적인 보수를 받았어."

시레나는 선금도 상당히 컸던 것을 떠올렸다.

(뭔가 특별한 기체인 걸까?)

모니터를 조작해 의뢰받은 기체의 데이터를 확인했다.

시레나는 대상이 된 기체명을 중얼거렸다.

"신형 네반인가. 기체명은…… 아탈란테."

거기에는 기체의 데이터와 함께 파일럿으로 보이는 젊은 여기사의 모습도 표시되어 있었다.

시레나는 검지로 투영 영상을 튕겨냈다.

"우리의 표적이 되다니, 상당히 운이 없는 아이구나."

알그란드 제국의 군사력을 떠받치는 병기공장 중 하나인 '제7병기공장'은 우주에 있는 소행성의 집합체를 본거지로 삼고 있었다.

채굴이 끝난 소행성을 연결한 볼품없는 군사 공장이지만 그 내부는 사람이 거주할 수 있는 스페이스 콜로니 역할도 하고 있다.

제7병기공장에서 생활하는 직원도 많으며 생활환경은 어설픈 콜로니보다 더 잘 갖춰져 있었다.

그런 소행성 네이아에 엠마가 배속된 메레아가 도착했다. 메레아는 번필드가에서 온 함정과 함께 제7병기공장 내부로 유도되었다.

제7병기공장의 관제가 쾌활한 목소리로 맞이했다.

「어서 오세요, 메레아의 크루 여러분. 귀향을 도와주셔서 정말 감사합니다.」

상대는 메레아의 건조 기록을 확인했는지 자기들이 건조한 전함이라는 걸 알자 '귀향'이라 말하며 환영해줬다.

격납고에서 입항 준비를 하고 있던 엠마는 방송을 들으면서 감탄하고 있었다.

"메레아의 처지로는 귀향이라고 볼 수도 있겠네."

묘하게 납득한 눈치인 엠마는 전용기인 시작실험기 '아탈란테'의 콕핏에서 얼굴을 내밀고 있었다.

작업복인 점프슈트를 입고 있었지만, 상반신은 벗고 하얀 탱크

27

톱을 입고 있었다.

가슴의 형태가 확실하게 드러나 있지만, 본인을 비롯해 주위 사람들은 신경 쓰는 기색이 없었다.

옆에 있던 몰리는 태블릿 형태의 단말기를 조작하면서 엠마와 대화했다.

"제7은 기술력을 자랑하는 병기공장이니까. 구식함이 무사히 돌아올 수 있었던 것도 자기들의 기술 덕분이라고 생각하고 있을 것 같네."

"그러고 보니 그런 이야기를 들은 적이 있어. 기술은 제국 제일 이지만……."

엠마가 말하는 도중에 입을 닫았지만 몰리가 그 뒷내용을 말해 버렸다.

"그 외 요소가 별로지. 정말 기술력은 좋지만 다른 병기공장보 다 잘 안 팔리는 게 결점 같아."

제7병기공장의 소문을 들어보면 성능은 뛰어나지만, 그 외의 요소가 결점이다.

생산성과 정비성을 과하게 추구한 결과, 운용의 용이성을 무시 한 병기도 많이 있다.

때문에 제국 내에서의 인기는 아래에서 세는 편이 빨랐다.

몰리의 설명에 엠마는 쓴웃음을 지었다.

"그래도 번필드가는 잘 이용하고 있지만."

"나도 싫진 않아. 하지만 내 최애는 제3이려나? 외관과 성능이 좋고 가성비도 좋으니까."

그런 두 사람의 대화를 아탈란테를 정비하는 기술자들이 귀 기울여 듣고 있었다.

군함 안이지만 기술자들의 작업복은 번필드가의 것이 아니었다.

그들은 제3이라 적힌 감색 점프슈트를 입고 있었는데, 엠마 일행이 착용한 것과 색이 달랐다.

그런 기술자 중에는 아탈란테 개발팀의 주임으로 파견된 '파시파에' 기술 소령이 있었다.

빨간 안경을 쓰고 인텔리 느낌이 나는 그녀는 머리카락을 목 뒤로 묶어 늘어뜨리고 있었다.

그녀만은 타이트한 치마 정장 위로 백의를 착용하고 있었다.

주위 사람이 점프슈트 차림인데 사복 위로 백의를 걸치고 있다는 것은 특별한 입장에 있다는 의미다.

가슴은 작지만 키가 크고 몸매도 좋다. 하지만 가장 특징적인 것은 그녀의 귀다.

길고 뾰족한 귀가 엘프 출신이라는 것을 증명하고 있었다.

"칭찬을 받아 영광이야."

"! 파시 소령님!"

기술 소령의 등장에 엠마와 몰리가 황급히 경례했다. 하지만 파시는 손을 팔랑팔랑 흔들어 둘이 경례를 그만하게 했다.

"딱딱한 건 질색이라고 했잖아? 더 편하게 대해도 돼. 그리고 난 군인이라기보다는 개발자라서. 정비나 개량도 하고 있지만,

본업은 군인이 아니야."

파시가 군인이 아니라고 말하자 엠마와 몰리는 당황해서 미묘한 표정을 지었다.

본인이 이렇게 말해도, 파시는 엄연히 정규 제국 군인이다. 엠마는 어떻게 반응해야 할지 알 수 없었다.

"어, 그래도 제국 정규군 사관이시죠?"

몰리는 고개를 갸웃거리고 있었다.

"저희 같은 사병 군대보다 격이 높다고 들었어요."

그런 둘의 반응을 보고 파시는 이마에 손을 댔다.

"어차피 병기공장은 반쯤 민영화 된 군수산업인걸. 내가 사관학교에 진학한 것도 취직에 유리했기 때문이지, 군인이 되려고 한 건 아니야."

파시는 과학자가 되기 위해 사관학교에 한 번 입학해서 군인이 되었다고 설명했다.

몰리가 의외라는 표정을 지었다.

"그건 합법적인 건가요?"

"당연히 합법이지. 그 대신 취직처가 병기공장으로 제한되지만. 특별히 우수하다면 공창(工廠)에 스카우트 된다는 이야기도 있긴 한데……."

그런 이야기를 하는 사이에 메레아는 제7의 도크에 입항해서 암으로 고정되었다.

무중력 상태인 도크 내부는 육각기둥 형태이며 어느 면에도 선

박과 함선이 고정되어 있었다.

파시는 이야기를 끝내고 앞으로의 일을 생각하고 작게 한숨을 쉬었다.

"……도착한 것 같네. 전원, 제7의 기술 바보 놈들이 아탈란테에 접근하지 못하도록 감시해."

파시가 부하들에게 명령하면서 둘에게서 멀어져 갔다.

이야기를 끝낸 엠마는 아탈란테를 올려다봤다.

"이 아이를 위한 특별팀인가."

엠마 외에는 조종하지 못한 아탈란테는 본래 제3병기공장이 특수기 개발을 위해 네반을 개수한 것이다.

누구도 조종하지 못하여 제3병기공장에 보관되어 있던 기체가, 엠마라는 특수한 파일럿을 얻어 세상에 나오게 된 거다.

그런 아탈란테를 위해 제3병기공장의 주도로 번필드가와의 공동 개발 이야기가 나왔다.

제3병기공장이 원하는 것은 아탈란테의 완성이 아니다. 진짜 목적은 아탈란테를 개발하는 과정에서 나오는 특수기의 개발 데이터다.

그것을 위해 파견된 것이 개발자이기도 한 파시의 팀이었다.

메레아가 고정되고 몇 분이 지나자 격납고의 해치가 열렸다.

거기서 제7병기공장 관계자들이 나타났다.

몰리는 흥미가 있는지 약간 즐거워했다.

"바로 조사하러 온 것 같아."

그들이 손에 들고 있는 것은 다양한 계측기기들이었다.

아탈란테에 대한 정보를 알고 있었는지 희희낙락하며 조사하러 다가왔다.

대표자로 보이는 남자가 바로 말을 걸어왔다.

"메레아의 크루 여러분, 안녕하십니까. ……어라? 제3병기공장 여러분도 같이 있었나요."

부자연스러운 티가 나는 인사에 파시가 이끄는 개발팀이 손대지 못하도록 째려봤다.

"속이 빤히 보이는 인사네. 이래서 드워프는 싫어."

찾아온 제7의 대표자는 드워프였다.

"시건방진 엘프가 책임자라니, 제3은 무슨 생각을 하는 건지."

고개를 젓는 드워프를 본 파시는 분노해서 얼굴을 약간 빨갛게 물들였다.

"그거 인종차별이지? 제7의 낮은 인권 의식은 정말 싫어."

"드워프를 깔보는 건 그쪽이겠지. 날 보자마자 싫은 표정을 짓지 않았나."

"글쎄? 어땠으려나."

기술자끼리 서로 노려보는 모습을 보고 엠마는 깊은 한숨을 쉬었다.

"괜찮을까?"

말다툼하는 둘을 보고 있으니 엠마의 단말기에 메시지가 도착했다.

엠마가 내용을 확인하고 있으니 몰리가 들여다봤다.

"무슨 일이야, 엠마? 우리한테 무슨 일이라도 하라는 명령이 왔어?"

엠마는 고개를 젓고 내용을 가르쳐줬다.

"나한테만 온 것 같아. 기사는 전원 집합이래. 미안, 바로 가야 하니까 이만 갈게."

엠마가 아탈란테에서 떨어지자 몰리가 손을 흔들었다.

"엠마도 힘들겠네. 무슨 일인지 모르겠지만 힘내~."

"응"

◇

소행성 네이아 안에는 도시가 존재한다.

제7병기공장다운 점은 디자인이 기능성을 중시했다는 점일 것이다.

도시 계획에 낭비가 없는 건 훌륭하지만, 아쉬운 점은 여유가 없다는 것이다.

번필드가에서 파견된 기사들과 파티에 참석한 엠마는 그런 도시를 거대 벽 스크린으로 바라보고 있었다.

파티는 제7병기공장의 환영회로, 입식 형식이었다. 파티 회장은 한 곳이 아니라 여럿 있는데, 장군과 영관이 모이는 파티가 따로 있을 정도였다.

"병기공장이 돈이 많구나."

엠마는 주스가 든 잔을 양손에 들고 혼자서 벽 스크린을 바라보며 막연하게 그런 말을 흘렸다.

보통은 동료나 지인과 이야기하기 마련인데, 아쉽게도 메레아에는 기사가 한 명뿐이라 그럴 일이 없었다.

동기들의 모습도 보이지 않았고, 엠마는 고립되어 혼자였다.

가끔 말을 거는 기사도 있었지만, 대부분은 헌팅이 목적이었다.

"저기 너, 나중에 시간 있어?"

한 기사가 엠마에게 말을 걸었다.

얼굴이 준수하고 키가 큰 기사였다.

계급장을 보니 대위였고, 랭크를 확인하니 A랭크였다.

B랭크인 엠마보다 랭크가 높다는 건 에이스라 불러도 손색이 없는 실력이란 의미였다.

단발의 아름다운 기사가 말을 걸어 엠마는 당황하고 말았다.

"이, 일 있어요!"

"그건 아쉽네."

간단히 물러나는 것을 보고 그녀가 진심이 아니라는 것을 알아차렸다.

"혹시 절 놀리는 건가요?"

곤란한 표정을 지은 엠마에게 상대 여기사는 어깨를 으쓱였다.

"섭섭하네. 권유에 넘어왔다면 진짜로 아침까지 같이 있었을 거야. 하지만 억지로 밀어붙이는 건 취향이 아니라서."

"예……?"

헌팅이 끈질기지 않아서 엠마는 그녀 나름의 농담── 인사라고 생각했다. 하지만 그녀는 진심이었다.

엠마는 농담으로 긍정하지 않아 다행이라 생각했다.

한편 권유를 거절당한 여기사는 신경 쓰는 기색도 없이 변함없는 태도로 잡담을 시작했다.

"넌 신입이야? 벌써 B랭크라니 대단하네."

그녀는 순수하게 엠마의 실력에 흥미가 있는 듯했다.

엠마는 뭐라 대답해야 할지 고민했지만, 숨길 일이 아니라 경위를 이야기했다.

"우연이에요. 큰 임무에 참가해서 운 좋게 공을 세운 덕분이에요."

미덥지 못한 엠마의 태도에 대위는 엠마를 격려했다.

"큰 임무에 참가해서 살아남은 것만으로도 평가할 일이지. 좀 더 자신감을 가지는 게 좋아. 그건 그렇고 넌 재밌는 아이구나. 괜찮으면 우리 부대에 안 올래? 환영할게."

"어, 그건……."

아탈란테의 테스트 파일럿을 맡고 있으니 다른 부대의 스카우트는 받아들일 수 없다.

엠마가 거절하려고 하는데 회장 안에서 말다툼 소리가 들려왔다.

"한 번 더 말해봐라."

엠마와 대위의 얼굴이 위험한 분위기의 집단으로 향했다.

두 파벌이 서로 노려보는 게 당장이라도 무기를 꺼낼 것 같은 험악한 분위기였다.

"해적 상대로 패배하는 무능한 너희한테 신형은 안 어울린다고 했다. 테우멧사는 우리가 가져갈 테니까 너희는 모헤이브나 쓰라고."

아무래도 제7에서 받는 신형기를 두고 파벌 간에 시비가 붙은 모양이었다.

그 모습에 대위가 질렸다는 얼굴로 팔짱을 끼고 작게 한숨을 쉬었다.

"이런 곳에서도 파벌 싸움이라니, 지긋지긋해."

대위는 아무래도 저들의 사정을 아는 듯했다.

무슨 일이 일어나고 있는지 잘 모르는 엠마는 대위에게 설명을 청했다.

"사이가 안 좋은가요?"

대위는 엠마의 신입다운 반응을 보고 어쩔 수 없다는 듯이 가르쳐줬다.

"들어본 적 없니? 번필드가의 기사단에 유명한 기사가 두 명이 있다는 이야기."

기사단을 대표하는 두 기사는 매우 유명한 이야기이므로 엠마는 조금 발끈해서 대답했다.

"그 정도라면 저도 알고 있어요. 크리스티아나 님과 마리 님이죠?"

얼마 전에 필두기사와 차석기사 자리에 있었던 둘은 리암의 노여움을 사서 현재는 그 지위를 박탈당했다. 하지만 인력 부족이 심각한 번필드가에서 크리스티아나와 마리가 중요한 역할을 맡고 있다는 건 변하지 않았다.

엠마는 두 사람에 대한 세간의 평가를 말하는데 자랑스러운 듯한 표정이었다.

"두 분 다 초일류 기사고 영주님을 떠받치는 충신이라는 평판이 자자하잖아요."

엠마의 표정을 본 대위는 몹시 미묘한 얼굴이 되었다.

"두 분을 만난 적은?"

"식전에서 몇 번인가 봤을 뿐이에요. 딱히 가까이 갈 기회도 없었고."

그냥 일반적인 기사인 엠마가 크리스티아나와 마리를 만나 대화를 할 기회는 없는 것이나 마찬가지다.

"나도 그리 여러 번 만난 건 아니지만, 그 둘은 사실 사이가 몹시 안 좋거든."

"그래요?"

기사단의 새로운 내부 사정에 엠마는 놀라움을 감출 수 없었다.

대위가 들고 있던 잔에 담긴 술을 입에 약간 머금었다.

"영주님의 노여움을 산 것도, 그분 앞에서 질리지도 않고 싸웠기 때문이라는 소문이 있을 정도야. 다만 우리 기사단은 창설 역사가 짧으니까, 필두 자리를 놓고 싸움이 일어나는 거야 그리 놀랄 일은 아니지. 여기서 이기면 수백 년은 자리를 지킬 테니까.”

기사단의 필두라는 특별한 지위를 두고 번필드가를 대표하는 기사 두 명이 싸웠었다.

이 이야기를 듣고 엠마도 대강의 사정을 파악했다.

“어, 그렇다면 서분들의 관계가 설마…….”

엠마는 틀렸으면 좋겠다고 마음속으로 빌었지만, 대위가 웃는 얼굴로 긍정했다.

“그 두 사람의 파벌에 속한 기사들이야. 내가 근무하는 곳에서는 크리스티아나파와 마리파가 꽤 격렬하게 충돌하거든.”

“마, 말려야 해요!”

같은 편끼리 살육전을 시작할 것 같은 집단이 파벌 관계로 대립하고 있다는 것을 안 엠마는 말리기 위해 움직였다.

하지만 대위가 그런 엠마의 어깨를 잡아서 멈췄다.

“그냥 보고 있으면 돼. 슬슬 우리 대장이 말리려 할 테니까.”

“대장? 혹시 대장 각하가 오셨나요?”

그 질문에 대위는 오른손으로 회장 한쪽을 가리켰다.

한 남자 기사가 서로 노려보는 집단을 향해 다가가고 있었다.

“저분이 우리의 대장이야. 주위 사람들은 ‘잡무 담당’이라고 무시하지만, 실은 존경할만한 인물이지.”

그 인물이 기억에 있는 엠마는 눈을 크게 뜨고 이름을 중얼거렸다.

"어…… 설마, 클라우스 기사장님?"

바로 이번 임무에서 기사들을 통솔하기 위해 임시 기사장이 된 그 사람이었다. 그의 뒤로 여우상을 가진 날씬한 미인 여기사가 따랐다.

지금껏 엠마와 대화한 대위는 클라우스의 부하였다.

그녀는 자랑스럽다는 듯이 상사를 자랑했다.

"비록 지금은 잡무 담당이라 불리고 있지만, 나는 기사단의 간부도 될 수 있는 그릇이라고 보고 있어."

현재 번필드가의 기사단은 필두와 차석이 공석으로 유지되고 있지만, 규모가 작은 건 아니다.

물론, 백작가의 사설 기사단치고는 수가 부족하지만, 그래도 수만 명에 달한다.

이런 기사단의 간부쯤 되면 수천, 수만의 기사를 통솔하는 위치다.

앞으로 더더욱 확대되어 갈 번필드가에서 간부쯤 되면 다른 가문에서는 필두기사 취급을 받을 만한 신분일 것이다.

대위는 왠지 곤란한 듯한 표정을 지으면서 클라우스의 뒤를 따르는 인물을 보고 있었다.

"──그런 사람이 아니면 저 말괄량이도 따르지 않겠지. 그건 그렇고 우리 대장도 용케 '선혈귀'를 곁에 두네."

"선혈귀요?"

대위는 작게 한숨을 쉬면서 아무것도 모르는 엠마에게 위험인물에 대해 가르쳐줬다.

"아군, 적군 가리지 않고 죽이는 녀석이야."

번필드가에서도 안 좋은 의미로 유명한 기사 '첸시 세라 토우레이'—— 수많은 기사단에 소속되고 쫓겨난 문제아였다.

전장에서는 적과 아군을 구분하지 않고 매장해 버리기 때문에 붙은 별명이 '선혈귀'. 불명예스럽기 짝이 없는 이름이었다. 항상 적과 아군의 신선한 피로 젖어있기 때문에 이런 별명이 붙었다고 한다.

그런 두 사람이 싸움을 중재했다.

클라우스의 태도는 차분했지만 그래도 회장 안에 잘 울려 퍼지는 목소리로 고했다.

"그만. 양측 다 물러나라."

클라우스의 말에 두 파벌의 기사들이 눈꼬리를 세우고 불쾌감을 드러냈다. 그러나 이내 곧 히죽대는 선혈귀를 보고는 분을 삭이면서 물러섰다.

"기사장님 덕에 목숨을 건졌군."

"누가 할 소리."

각 집단이 불평하면서 떠나가자 순식간에 위태로운 분위기가 사라져 안도하는 목소리가 여기저기서 들려왔다.

"……끝났나?"

"이대로 칼 뽑고 싸우는 건 아닌지 조마조마했네."

"이번 기사장님은 믿음직하군."

주위 기사들의 시선은 싸움을 중재한 클라우스에게 호의적이었다.

그 모습을 보고 기뻐하는 대위는 엠마에게 윙크했다.

"봐, 중재를 맡기는 게 정답이었지?"

엠마는 고개를 끄덕일 수밖에 없었다.

"대단하네요."

감탄하고 있으니 클라우스가 엠마 일행의 시선을 알아차렸다.

대위는 오른손을 들어 팔랑팔랑 흔들었다.

"훌륭했어요."

클라우스는 약간 어이없다는 표정을 지었지만, 부하에게 부드러운 말투로 대답했다.

"보고 있었으면 도와라. 그래서── 그쪽 기사는 누구지?"

클라우스의 시선을 받고 엠마는 허리를 꼿꼿이 세웠다.

"이번 임무에서 기사장을 맡은 클라우스다."

"엠마 로드먼 중위입니다!"

클라우스와 이야기할 기회를 얻은 엠마는 긴장하면서도 기사의 인사를 했다.

다만 클라우스에게 공포심 같은 건 품지 않았다.

(교관보다 패기가 없는 것 같은데, 정말 대단한 사람일까?)

내심 실례가 되는 감정을 품은 건 엠마의 교관이었던 클로디아의 영향이었다.

그녀는 AA랭크라는 구름 위의 존재였지만, 클라우스는 자신과 같은 B랭크 기사였다. 실전을 겨루면 아마 클라우스의 실력이 더 뛰어날 테지만.

그만큼 그에게서 쌓아온 경험의 차이가 느껴졌다.

하지만 한편으로는 또 손이 닿지 않을 정도로 압도적이지는 않았다.

클라우스는 온화한 표정으로 엠마를 바라보았다.

"아, 시작실험기의 테스트 파일럿이 그대로군."

"저에 대해 알고 계셨나요?"

"상사라면 특무를 수행 중인 부하에 대한 정보는 당연히 파악하고 있어야지."

엠마 속에 클라우스는 성실하게 일하는 상사라는 인상이 생겼다.

클라우스의 부하인 대위가 엠마 옆에서 아쉬워했다.

"이런, 특무 중이었구나. 그럼 빼내는 건 힘들겠네……."

클라우스는 약간 어이없다는 표정으로 대위를 나무랐다.

"자넷, 안이하게 다른 부대의 사람을 빼내려 하지 말라고 했을 텐데?"

여기사인 대위의 이름은 '자넷 다피'다.

중령과 대위의 대화에 어울리지 않는 분위기였다. 엠마는 이 부대의 분위기가 나쁘지 않다는 걸 헤아렸다.

"우리 부대를 강화하기 위해서예요. 클라우스 대장님의 부담을 덜어주려는 부하의 눈물겨운 마음을 헤아려주세요."

"다른 부대에서 오는 클레임을 처리하는 내 마음을 먼저 헤아 려줬으면 하는데."

자넷이 헌팅하거나 스카우트를 하면 그에 대한 항의는 클라우 스에게 가는 모양이었다.

자넷이 웃으면서 사과했다.

"항상 감사하고 있습니다."

전혀 반성하지 않는 부하를 보고 클라우스는 설득을 포기하고 다른 화제를 던졌다.

"신형기 수령을 비롯해 교육 캡슐이랑 기종 전환 훈련이 예정 되어 있으니까 적당히 놀아라."

"알겠습니다."

대위가 처음 엠마에게 말을 걸었을 때는 남장미인처럼 굴었는데, 클라우스에게는 여성적인 매력을 보이고 있었다.

꽤나 좋아하는 모양이다.

두 사람의 이야기를 듣고 있던 엠마는 클라우스가 화제로 꺼낸 신형이 신경 쓰였다. 기사에게 신형이란 기동기사 말고는 없다.

"제7의 신형을 받는 건가요? 혹시 저희도?!"

엠마의 시선이 스크린으로 향했다.

스크린에는 제7병기공장이 개발한 신형기 '테우멧사'의 모습이 비치고 있었다.

세련된 외관에 머리는 여우를 연상케 하는 디자인이었다.

이미 번필드가에 일부 배치되었으며 활약하고 있다는 소문은 엠마도 들었다.

이번 임무에는 장비 갱신도 포함되어 있기 때문에 기사들은 '어쩌면 신형을 받을 수 있지 않을까?' 하는 기대를 품고 있었다.

클라우스는 표정을 바꾸지 않고 눈동자를 반짝이는 엠마에게 전했다.

"미안하지만 제7의 생산 상황이 그렇게까지 활발하지는 않아. 너희 부대에 신형이 배치될지는 현시점으로서는 불명하다."

"그, 그런가요."

자신에겐 아탈란테가 있지만 적어도 같은 소대── 더그와 래리와 모두에게도 신형이 배치되길 바랐다.

그것만으로도 생존율은 크게 변한다.

(신형을 받으면 모두 의욕을 보일까?)

부하들의 얼굴을 떠올리고 있으니 조금 전까지 가만히 있던 첸시가 엠마에게 다가왔다.

첸시는 거리낌 없이 얼굴을 들이댔다. 1cm만 더 붙으면 코가 닿을 거리였다.

엠마는 선혈귀라는 별명을 떠올리고 식은땀을 흘렸다.

"어? 저, 저기?"

까맣고 속이 보이지 않는 탁한 눈동자로 바라보니 엠마는 무서워서 움직일 수 없게 되었다.

(모, 몸이 안 움직여?!)

어느샌가 몸이 떨리고 식은땀도 나고 있었다.

기사로서 압도적인 실력 차가 있다는 걸 피부로 느껴서 몸이 공포에 떨고 있었다.

무엇보다도 무서운 것은── 상대의 실력이 미지수라는 점이다.

엠마는 첸시의 실력을 헤아릴 수 없었다.

자신이 살해당하는 건 아닐까? 그런 공포에 고동이 빨라지는 것을 느끼고 있으니, 클라우스가 도와줬다.

"첸시, 로드먼 중위한테서 떨어져라."

클라우스도 첸시의 위험함을 감지했을 것이다.

자넷도 움직였는데 그 표정은 굳어있었다.

"이 자리에서 날뛰는 건 좀 참아줬으면 하는데."

──A랭크 기사조차 첸시를 두려워하고 있다.

그 말은 곧 첸시가 더 상위의 존재라는 것을 의미했다.

엠마는 다음 순간에도 자신이 살해당하는 이미지가 잇따라 떠올라 몸이 덜덜 떨렸다.

"아, 아~."

첸시는 처음엔 아주 흥미롭다는 듯이 엠마를 봤지만, 겁내는 모습에 실망하고 거리를 뒀다.

허리에 손을 대고 작게 한숨을 쉬는 모습은 아리따웠다.

"착각이었던 것 같네. ——너, 재미없어."

첸시가 등을 돌리고 걸어서 떠나가자 엠마는 그제야 해방됐다는 안도감에 크게 숨을 쉬었다. 어느새 숨을 참고 있었던 것 같다.

자리에 주저앉으려는 엠마를 자넷이 받쳐줬다.

"저 녀석이 째려보다니, 너도 운이 없네."

"왜, 왜 저 같은 걸……."

"기사 같지도 않은 녀석의 생각은 몰라."

자넷은 첸시의 생각 따위는 알고 싶지도 않다고 말하고 싶은 듯했는데, 엠마는 기사 같지도 않은 녀석이라는 말이 신경 쓰였다.

"기사 같지도 않은 녀석?"

자넷은 떠나가는 첸시의 뒷모습을 지긋지긋하다는 듯이 째려봤다.

"전쟁을 아주 좋아하고 자기가 죽어도 상관없는 머리의 나사가 빠진 녀석이야. 강한 녀석이 있으면 그것만으로도 덤비고 싶어진다고 들었어."

"전 기사가 됐지만, 실력 같은 건 없어요."

클라우스는 자신을 비하하는 엠마에게 다정하게 말을 걸었다.

부하의 부주의에 대한 책임을 느꼈기 때문일 것이다.

"첸시는 문제아지만 실력을 간파하는 눈은 진짜야. 로드먼 중위에게 뭔가 있다고 느낀 걸지도 모르지. 그럼, 난 첸시를 쫓아가 볼까."

클라우스는 그녀를 방치할 수 없다고 말하고 문제아 첸시를 쫓아갔다.

(내 안에 재능이? ⋯⋯설마.)

바로 떠오른 것은 아탈란테 조종이었다.

기사로서 좌절할 뻔했던 엠마에게 누구도 조종하지 못했던 기체를 조종했다는 사실은 자신이 기사로 있는 이유라 해도 과언이 아니었다.

하지만 그 외에는 아무것도 떠오르지 않았다.

첸시가 흥미를 가질 만한 재능이 자신에게 있을 것 같지 않았다.

(나에겐 아탈란테 조종 외에는 아무것도 없어. 아탈란테도 그래, 능숙하게 조종할 수 있는 사람이 우연히 나였을 뿐. 나 자신에게는 아무것도 없어)

엠마는 아탈란테를 조종할 수 있었던 것도 어디까지나 우연이라고 인식하고 있었다.

(그러니 아탈란테 개발 계획만큼은 어떻게든 성공시켜야 해)

자신의 존재 의의가 달린 중요한 임무니까.

◇

제7병기공장의 도크에 세 척의 전함이 정박했다.

소유자는 용병이다.

검은 머리카락에 빨간 눈을 가진 그녀는 제7의 직원과 이야기하고 있었다.

"보급이랑 정비를 부탁했을 텐데? 직전에 싫다고 하다니 너무하네."

품위 있는 아가씨처럼 행동하니 제7의 직원은 난처한 얼굴로 머리를 긁었다.

"저희 공장에서 보급을 받고 정비를 하면 다른 곳보다 비싸질 거예요. 용병단이라면 다른 곳에서 받는 편이 좋을 거라 생각하는데요."

반쯤 민영화 됐다고는 해도 제국군의 군사력을 떠받치고 있는 병기공장이, 군이나 제국 귀족 이외의 손님을 신경 쓸 리 없다. 완전한 기업체와 비교하면 접객 서비스의 수준이 떨어질 수밖에 없다.

할인 같은 혜택도 없기에 직원은 친절한 마음으로 다른 곳에서 보급과 정비를 받으면 좋다고 권했다.

하지만 여자는 물러나지 않았다.

"서두르지 않으면 다음 일이 늦어져. 그리고 중요한 일을 앞두고 있으니까 이번엔 공들여서 정비해두고 싶어. ──뭣하면 신형을 더 얹어서라도 살게."

　중요한 일을 하기 전의 준비라는 말을 듣고 제7의 직원은 작게 한숨을 쉬었다.

　"그럼 진행해드릴게요. 나중에 청구 금액을 보시고 화내지 마세요."

　"물론이지. 고마워."

　관계자는 받아들일 준비를 진행했다.

　"어서 오십시오. 피트 용병단 여러분. 저희는 여러분을 환영합니다. 단장의 성함이⋯⋯."

　용병단의 책임자의 이름을 확인하는 직원에게 여자는 웃음을 지으며 대답했다.

　"사이렌이라고 불러주세요."

　미소 짓는 사이렌은 그대로 직원에게 물었다.

　"그리고 신형은 어디에 가면 볼 수 있을까? ──제7의 신형에 엄청 관심이 있어."

　제7병기공장에 있는 기동기사 보관 구역.

　그곳에 나열된 것은 팔다 남은 상품이었다.

　그중 한 기의 발치에서 엠마 일행이 기체를 올려다보고 있었다.

　엠마는 솔직한 감상을 중얼거렸다.

"——너구리?"

테우멧사와는 달리 둥근 형태를 가지고 중후한 느낌이 있는 기동기사, '라쿤'.

라쿤은 테우멧사보다 먼저 완성되긴 했지만, 정식으로 채용되지 않아 몇백 기가 재고로 보관되고 있었다.

제3소대의 면면들을 안내해온 드워프 반장 '마그 마'는 깊은 한숨과 함께 라쿤에 관해 이야기하기 시작했다.

"이 녀석은 '매드 지니어스'가 개발한 우리의 최신예기다. 외형은 귀엽지만, 성능만큼은 테우멧사에게도 뒤지지 않아."

매드 지니어스라는 별명에 엠마는 약간 기겁하고 말았다.

천재지만 미쳤다는 부분이 꽤나 위험한 인물인 것 같은 느낌이 강하게 들었다.

적정 시찰이라면서 같이 따라온 파시 등은 별명을 듣고 얼굴을 찌푸렸다.

"유행을 무시한 게 정말 제7답네. 손님을 무시하고 자기들의 이상만을 밀어붙이는 부분이 정말 제7다워. ——그건 그렇고 '그 녀석'이 관련되어 있었다는 건 사실이었네."

아무래도 파시는 매드 지니어스라는 인물을 알고 있는 듯했다.

몰리가 관심을 가졌는지 파시에게 물었다.

"그렇게 대단한 사람이에요?"

파시는 대답할 때 뭐라 표현할 수 없는 표정을 짓고 있었다.

"종이 한 장 차이로 천재지. 번필드가의 전속이라는데, 몰라?"

반대로 질문을 받은 엠마와 몰리는 서로의 얼굴을 마주 보고 고개를 저었다.

번필드가 그런 인물을 전속으로 삼고 있다는 이야기는 소문으로도 들은 적이 없다.

파시는 팔짱을 꼈다.

"번필드가 확보했다는 소문도 믿을 수 없어. 애초에 까다로운 녀석이니까 귀족님 상대는 안 할 줄 알았어."

파시의 평가를 듣고 마그는 얼굴을 돌리고 웃었다.

"아가씨는 다른 사람의 눈에 그런 식으로 보이고 있었던 건가? ——뭐, 확실히 까다롭지."

엠마는 라쿤을 올려다보면서 한 가지 의문을 품었다.

"그렇게 대단한 사람이 만들었는데 채용되지 않았나요?"

"마그는 고개를 숙이고 머리를 긁었다.

"——불운이란 거지."

"불운?"

마그는 채용되지 않은 이유를 이야기하기 시작했다.

"요구 스펙은 전부 만족했다. 하지만 번필드가의 기사님들이 원했던 것은 일부 에이스만이 탈 수 있는 특수기였어. 테우멧사는 라쿤에서 범용성을 버린 기체지. 덕분에 성능은 향상됐지만 다루기 어렵다."

그 이야기를 듣고 몰리는 창고 안에 보관되고 있는 라쿤들을 슬픈 얼굴로 봤다.

"양산기로는 수요가 있죠? 혹시 어시스트 기능이 없는 기사용이라던가?"

일반 파일럿이 조종할 수 없는 기체가 아닌가? 그런 불안에 마그는 한 번 웃었다.

"테우멧사가 아니란 말이다. 물론 어시스트 기능도 탑재하고 있고, 기사가 아닌 파일럿들도 탈 수 있어. ——채용되면 분명 활약하겠지만."

"그런데도 안 사가다니 불쌍해."

마그도 슬퍼하는 몰리에게 동의했다.

라쿤을 보는 눈이 부드러워져 있었다.

"테우멧사보다는 싸지만 모헤이브와 비교하면 비싸니까. 당신네 영주님이 대량으로 사주길 빌고 있어."

제7에 파견된 번필드가의 관계자들—— 특히 상층부 사람이 이번 장비 교체에 관해 이야기를 나누고 있었다.

상황에 따라서는 이곳에 늘어선 라쿤을 번필드가가 사들이게 된다.

엠마는 라쿤들을 올려다보면서,

"우리 부대에 와주면 다들 좋아하겠지."

따라오지 않은 래리와 더그를 떠올린 엠마는 그들이 신형기를 받으면 의욕을 보여주지 않을까? 하는 그런 미래를 상상했다.

몰리도 같은 의견이었던 모양이다.

"좋네. 그렇게 되면 내가 완벽하게 정비해줄게."

두 사람이 그런 이야기를 하고 있으니 파시가 불만스러워했다.

다른 곳의 기동기사에 흥미를 보이니 어쩔 수 없는 일이다.

"아탈란테가 있으니까 네반으로 맞춰. 그러는 편이 보기에도 좋을 거야. 그리고 번필드가의 주력 양산기는 제3의 네반이니까. 그 점을 잊어서는 안 될 거야."

번필드가를 떠받치는 기동기사는 제3병기공장의 네반 타입이다.

백작이 어느 곳보다 빠르게 채용한 차세대기 네반은 번필드가에서는 없어서는 안 될 존재일 것이다.

다만 현장에서 정비하는 몰리의 의견은 달랐다.

"확실히 고성능에 괜찮은 느낌으로 완성돼있으니 제3병기공장의 걸작기라 불러도 틀린 말이 아니라는 느낌이 드네요."

"그치!"

파시가 눈을 반짝였지만 몰리는 달갑지 않은 표정을 지었다.

"하지만 그 덕분에 네반은 인기가 너무 많아서 쟁탈전이 벌어지고 있어요. 우리 부대 같은 곳에는 배치되지 않을 거라구요. 애초에 제3이 양산을 주저하고 있다는 소문도 들리는데요?"

몰리의 지적에 파시는 자신의 가슴팍을 붙잡았다.

"——서, 선행 양산기라서 그런 거야. 현 상태로 대량으로 양산하는 것보다 데이터를 모으기 위해 일정수만 양산하자고—— 그, 그치만 슬슬 마이너 체인지판 양산 체제가 갖춰지니까 안심해!"

몰리는 양손을 허리에 대고 깊은 한숨을 쉬었다.

"그래도 우리 부대에 배치되는 건 꽤 나중 일이 될 것 같지만요. 그러면 라쿤이 가능성이 높죠."

파시는 몰리의 말을 반박하지 못해 억지로 이야기를 끝내려고 했다.

"우리 네반은 번필드가에서 좋아하거든! 조금은 참아줘도 되잖아! 네반은 그만한 가치가 있는 양산기야!"

기세에 맡기고 밀어붙이려는 파시에게 마그가 따지고 들었다.

"그 번필드가가 우리 아가씨한테 양산기 개발을 의뢰했는데? 너희 네반으로는 부족한 것 아닌가?"

파시는 그 말을 듣고 분하게 여겼지만 짚이는 구석이 있어서 반박할 수 없는 것 같았다.

미간에 주름을 잡고 마그에게서 얼굴을 돌렸다.

"——그 미치광이, 정말 쓸데없는 짓을 했네."

소란스러워지기 시작하자 창고 안에 다른 손님이 나타났다.

제7의 직원이 데려온 사람은 아무래도 번필드가 관계자가 아닌 듯했다.

(우리 관계자가 아니니까 다른 손님인가? 상당히 예쁜 사람이네.)

같은 여자지만 넋을 잃고 보게 되는 매력이 있었다.

엠마가 그쪽으로 얼굴을 돌리자 흑발의 여자가 알아차리고 미소를 지어줬다.

바로 안내해주는 제7의 관계자를 향해 얼굴을 돌리더니 창고 안에 보관된 특별한 기체를 가리켰다.

"저 기체는 왜 금색일까?"

창고 안에는 금색으로 도장된 저열한 취향의 라쿤이 있었고, 여자가 그걸 신경 쓰고 있었다.

마음에 들어 하진 않았다.

오히려 센스를 의심하고 있는 듯했다.

직원이 당황하면서 설명했다.

"저건 특수기예요. 다른 동형기보다 성능이 2할 정도 강화됐지요. 거기에 레어메탈로 만든 특수장갑을 채용했습니다."

특수기의 성능을 알자 여자는 약간 흥미를 보였다.

하지만 외관은 마음에 안 드는 모양이었다.

"그래도 금색은 아니지. 이거 안 팔리지?"

이야기를 듣고 있던 엠마도 그 의견에는 동의했다.

(확실히 금색은 좀 아니지? 게다가 특수기라니—— 누가 만들게 한 걸까?)

직원도 취향이 저열하다고 생각하고 있는 것 같았지만, 자기들의 기동기사를 멸시하는 발언은 하고 싶지 않은 눈치였다.

"사실은 단골손님께 드릴 예정인 기체였는데, 중간에 없던 이야기가 돼버렸습니다. 되도록 빨리 팔아버리고 싶은데, 사양도 특별하고 어시스트 기능도 없는지라, 여러모로 골치가 아픕니다."

"——성능은 확실하지?"

"물론입니다. 엄청 난폭한 말이지만요."

"외관이랑 색 외에는 마음에 들었어."

마음에 들었다는 말을 들어도 관계자는 고개를 저었다.

"아아, 이 녀석은 팔 수 없습니다. 단골손님의 마음이 바뀔 가능성도 있다면서 윗선이 판매를 허가해주지 않아서요."

직원으로서는 팔고 싶지만 제7의 상층부의 판단으로 팔 수 없다고 한다.

"그거 아쉽네."

여자는 아쉽다고는 했지만, 그다지 관심이 없는지 빠르게 라쿤 앞에서 떠나갔다.

　제7병기공장의 개수용 도크에서는 메레아의 장갑이 분리되고 있었다.

　건물 안에서 그 모습을 바라보고 있는 엠마는 무중력 상태 속에서 공중에 떠서 무릎을 굽히고 있었다.

　창유리에 양손을 대고 다 드러난 메레아의 프레임을 바라보았다.

　내부의 장치는 녹슬고 기름 범벅인 데다가 대량의 먼지가 나왔다.

　개수하는 모습을 보고 있는 제7의 기술자들은 난처한 얼굴로 태블릿 단말기를 노려보며 상의했다.

　"건질 수 있는 게 프레임과 장갑뿐인가?"

　"속은 전부 교체해야 해요."

　"그렇게 되면 밸런스가 어려운데. 애초에 프레임 구조가 현행 주류와는 다르잖아."

　"내부에 여유가 있으니 어떻게든 될 겁니다."

　병기공장쯤 되면 현장의 판단으로 우주전함을 개수해버릴 수 있다.

　엠마에게는 믿기지 않는 광경이었다.

　(개수라는 게 그때의 분위기로 하는 거였나?)

　미리 계획하여 진행하는 게 보통일 텐데, 기술자들은 그걸 신경 쓰지 않고 기존의 장치를 어떻게 조합해 나갈지 의논하고 있었다.

엠마는 조금 떨어진 곳에서 이야기를 듣고 있었지만, 이야기의 내용이 너무 어려워서 이해할 수가 없어서 고개를 메레아 쪽으로 돌렸다.

"어떤 식으로 다시 태어날까?"

자기들의 모함이 어떻게 변화할지 엠마는 조금 기대됐다.

거대한 우주전함이 도크 안에서는 장난감처럼 보였다.

파츠를 짜맞춰나가는 모습은 마치 프라모델을 조립하는 것 같았다.

(아~, 이런 건 계속 볼 수 있어~.)

행복해 보이는 얼굴로 바라보고 있는 엠마에게 파시가 다가왔다.

"로드먼 중위, 기다리게 해서 미안하네."

엠마는 발을 바닥에 붙이고 다가온 파시에게 경례했다.

"문제없습니다."

"그거 다행이네. 그럼 바로 이동하자. 아탈란테가 준비됐으니까 조정을 끝내고 싶어."

"넷!"

엠마는 파시를 따라서 그곳에서 떠났다.

◇

제7병기공장의 한 격납고.

제3의 개발팀 스태프들은 각 부분에 케이블이 연결된 아탈란테 주위에서 바쁘게 움직이고 있었다.

파일럿 슈트로 갈아입은 엠마가 콕핏에 들어갔다.

해치를 연 채로 시트에 앉았고 옆에는 파시가 서 있었다.

"로드먼 중위, 새로운 아탈란테는 어때?"

"그러니까―― 왠지 외형이 강해 보여요."

아탈란테의 외형은 관절 주변을 중심으로 보정되어 있었다.

그걸 강해 보인다고 엠마가 솔직한 감상을 말하니 파시는 뭔가 부족하다는 표정을 지었다.

"이전의 아탈란테는 제너레이터의 출력을 버티지 못했어."

"그, 그렇죠."

"제너레이터가 만들어내는 방대한 에너지가 기체 속에서 갈 곳을 잃었기 때문이야. 아탈란테 자체는 네반보다 소비 에너지가 더 많은데도 말이지."

파시가 아탈란테의 지금까지의 문제를 해설하자 엠마는 버벅거렸다.

파시는 양팔을 벌렸다.

"하지만 그것도 이제까지의 이야기지. 아탈란테의 각 부분에 잉여 에너지를 배출하는 기구를 도입했어. 남는 에너지를 배출하면서 아탈란테의 움직임을 보조해주도록 설계했지."

"대, 대단해요!"

"——이해한 걸로 알고 있을게."

아무래도 엠마에게 설명하는 걸 포기해버린 듯했다.

"어쨌든 관절 주변을 강화해서 잉여 에너지를 방출해줘. 과부하 상태로 이행하면 기체가 부서지는 결함은 해소됐을 거야."

탑재한 엔진을 풀파워로 사용하는 과부하로 인해 아탈란테는 전투 중에 자멸한다는 결함을 가지고 있었다.

이를 해결하지 않는 한, 아탈란테는 실패작인 그대로 남게 된다.

오버로드 상태를 봉인하면 문제는 해결되지만, 그렇게 되면 아탈란테의 우위성은 사라져 버린다.

금액과 성능이 상응하지 않아 그저 비싸기만 한 에이스 전용기가 완성되는 것이다.

이래서는 문제가 해결되지 않는다.

케이블류가 전부 퍼지되자 아탈란테가 격납고 안에서 걷기 시작했다.

파시와 개발팀은 그 움직임을 진지하게 주시했다.

"움직이는 느낌은 어때?"

"이전보다 더 움직이기 쉬워요."

조종 중인 엠마는 맨 처음 탑승했을 때보다 조작성이 향상됐다는 걸 알아차렸다.

엠마의 감상에 파시가 가슴을 폈다.

"당연하지. 중위의 데이터를 해석해서 최적으로 완성했어. 조작성이 향상됐다는 말은 칭찬도 아니지."

당연하다고 하면서도 확실한 성과를 느끼고 있는지 파시는 기뻐 보였다.

다만——.

(어라?)

——정말 딱 한순간, 엠마는 위화감을 느꼈다.

아탈란테에서 힘이 빠지는 듯한 그런 반응을 딱 한순간 감지했다.

하지만 그건 정말 미약한 반응이라 착각일 가능성도 있었다.

다른 파일럿이라면 개의치도 않았을 것이다.

(착각인가?)

테스트는 그대로 계속되었고 격납고 안에서 할 수 있는 것은 전부 클리어했다.

아탈란테의 완성도에 만족한 파시는 바로 다음 단계로 이행하기로 정했다.

"응, 좋아. 이대로 며칠 뒤에는 우주 공간에서 테스트할 거야."

"아, 네."

위화감이 신경 쓰이는 엠마는 바로 맥빠진 대답을 해버렸다.

파시는 그걸 타박했다.

"벌써 지쳤어? 정신 차려. 실험기의 테스트는 목숨을 걸고 해야 해. 한순간의 방심이 파멸로 이어져."

"조, 조심하겠습니다."

마음을 다잡은 엠마는 내일의 테스트에 집중했다.

(괜찮아. 아무 문제도 없었어. 데이터상으로도 문제가 없다고 나와 있으니까── 분명 괜찮을 거야.)

자신을 타일렀지만 그래도 신경 쓰였다.

엠마는 콕핏에서 나가려고 하는 파시에게 말을 걸었다.

"저, 저기! 움직였을 때 딱 한 번, 맨 처음에 아주 약간 위화감이 느껴졌는데, 문제없을까요?"

뒤돌아본 파시는 작게 한숨을 쉬면서 데이터를 확인했다.

"그런 건 그때 말했으면 좋겠어."

"죄송합니다."

엠마는 더 빨리 말했어야 했다며 낙담했다.

그대로 파시와 다른 스태프가 확인했지만.

"──수치상으로는 아무 문제도 발견되지 않네."

문제가 발견되지 않는다는 말을 듣고 엠마는 안도해서 한숨을 쉬었다.

"그런가요. 그럼── 제 착각이었네요."

이제 안심하고 다음 실험을 할 수 있다── 엠마는 그렇게 자신을 타일렀다.

◇

엠마가 콕핏에서 내리자 백의를 입은 한 여자가 아탈란테를 발치에서 올려다보고 있었다.

개발팀의 스태프 중에는 없었던 인물이라 엠마는 신경 쓰여서 말을 걸었다.

혹시 모르니 언제든지 무기를 꺼낼 수 있도록 하면서.

"누구신가요?"

엠마가 말을 걸자 곧은 흑발을 어깨 길이로 가지런히 자른 여자가 고개를 돌렸다.

안경을 쓴 지적인 여자로 보이는데 자아내는 분위기가 다른 사람과는 달랐다.

그 여자의 눈은 엠마를 보는 듯 보지 않았다.

싱긋 미소를 보였지만 명백하게 인위적으로 지은 미소다.

엠마가 보기에 상대는 전투에 관해서는 서투른 군인 수준. 기사인 자신에게는 이길 수 있을 리가 없다는 느낌이 들었지만, 육체적인 힘과는 다른 뭔가가 엠마를 두렵게 했다.

(이 사람도 무섭네. 요즘 무서운 사람밖에 없어.)

긴장해서 굳은 엠마를 보고 여자는 백의의 명찰을 자신의 손가락으로 몇 번인가 가볍게 두드렸다.

거기엔 기술소령이라는 계급과 제7병기공장에서의 지위가 적혀 있었다.

"제7병기공장 분이었나요."

당황해서 경계를 풀자 상대는 미소를 지으면서 말을 걸어왔다.

"방해한 것 같네. 난 '니아스 칼린' 기술소령이에요."

건성으로 경례하는 니아스에게 엠마는 황급히 허리를 꼿꼿이 펴고 경례했다.

"엠마 로드먼 중위입니다."

"──흐음, 네가 그 소문의 파일럿?"

"네? 소문이라고요?"

엠마는 자신에 대한 소문이 퍼져 있는 줄은 몰랐다.

엠마는 당황했고 니아스라 이름을 댄 여자는 백의의 주머니에서 막대가 달린 사탕을 꺼내 포장지를 벗기고는 입에 넣었다.

막대 부분이 입에서 나온 상태는 마치 담배를 피우고 있는 것처럼 보이기도 했다.

니아스는 사탕을 먹으면서 엠마와 이야기했다.

"천재 파일럿이라 들었어."

"아뇨, 그렇진 않아요."

쑥스러워하며 머리를 긁는 엠마에게 미소를 지은 니아스도 동의했다.

"그렇네. 보니까 실패작에 어울리는 파일럿이야."

"네, 맞아요. 전 실패작에 어울리는── 네?"

한순간 자신이 무슨 말을 들었는지 이해가 안 됐다.

경직된 엠마를 무시하고 니아스는 무표정── 흥미를 잃은 얼굴로 아탈란테를 올려다봤다.

"이 기체는 글렀어. 결함기니까 내리는 편이 좋을 거야."

아탈란테에서 내려라── 그건 엠마에게 겨우 생기기 시작한 자신감을 버리는 것과 마찬가지였다.

손을 꽉 쥐고 고개를 숙이고 목소리를 내니—— 감정이 담겨서 격앙되고 안에 울렸다.

"싫어요! 전 아탈란테를 탈 거예요!"

니아스가 약간 놀라고는 신기하다는 듯이 고개를 갸웃했다.

마치 신기한 동물이라도 보는 듯한 눈으로 엠마를 관찰했다.

"너 죽고 싶어?"

고개를 젓자 엠마의 머리카락이 흔들렸다.

"안 죽어요. 그리고 아탈란테도 안 부술 거예요. 반드시 완성해 보이겠어요."

얼굴을 들고 결의한 눈으로 니아스를 봤지만, 상대는 비웃고 있었다.

엠마의 결의 따위는 무가치하다는 얼굴을 하고 있었다.

"결함기를 고집하는 게 어리석다고 하는 거야. 너나 이 개발팀 도 이 기체에 어울리는 실패작이네."

"그건 무슨 의미죠?"

"의미고 뭐고, 그대로의 의미야."

아탈란테가 품고 있는 문제를 깨닫지 못했다는 니아스의 말이 엠마의 마음을 어지럽혔다. 자신도 어렴풋이 느끼던 위화감을 자 극받기 때문이다.

다만 니아스는 대답할 생각이 없는 듯했다.

아탈란테나 엠마보다 입에 문 사탕의 맛이 더 신경 쓰이는 것

같았다.

"입에 물었을 때는 안 좋아하는 맛이 났는데, 먹고 있으니 이건 이거대로—— 응, 나쁘지 않네."

"대답해 주세요!"

엠마와 니아스가 시끄럽게 하고 있으니 개발 스태프들이 모여 들었다.

파시가 성큼성큼 걸어서 다가오더니 니아스의 가슴팍을 검지로 쿡쿡 찔렀다.

"관계자 외에는 출입금지야. 어떻게 들어왔을까?"

니아스는 조금도 동요한 기색이 없었다.

"보안을 좀 더 튼튼하게 했어야지. 애초에 이 기체에는 볼만한 구석이 한 군데도 없었지만."

니아스는 미소 짓고 그렇게 말하고는 등을 돌려 떠나갔다.

아탈란테를 무시당한 개발 스태프—— 그리고 엠마는 그 등을 매우 불쾌한 얼굴로 째려봤다.

(저 사람 뭐야? ——아탈란테가 대단한 아이라는 걸 내가 증명해주겠어!)

엠마는 분한 마음에 테스트를 성공시키겠다며 결의했다.

◇

제7병기공장의 색적 범위의 약간 바깥.

그곳에서는 수상한 우주 해적이 대열을 유지하고 있었다.

이제부터 작전이 시작돼서 함내에는 긴장감이 감돌고 있었다.

함대를 이끄는 사령관은 브릿지에서 부하들에게 지시를 내렸다.

"단장으로부터 상세 사항이 왔다. 목표는 3일 후에 우주 공간에서 테스트를 진행한다."

부관으로 보이는 사람이 휘파람을 불었다.

"그 사람은 정말 의지가 되네요. 목표의 실험 예정 같은 정보를 어디서 입수한 건지."

부관이 정보를 가져온 자기들의 단장에게 감탄하니 사령관도 자랑스러운 듯했다.

단장을 자랑스럽게 여기고 있을 것이다.

"그 사람 손에 걸리면 이 정도는 아무것도 아니지. 그보다 단장이 위험을 무릅쓰고 입수한 정보다. 우리가 실수할 수는 없지."

부관은 마음을 다잡았다.

"맡겨주세요. 이참에 우리도 신형기의 실전 테스트를 할까요?"

사령관이 팔짱을 꼈다.

"그 신형인가? 정말로 쓸 수 있나?"

"기동기사 파일럿들에겐 평이 좋았어요. 작아서 미심쩍을 수 있는데, 일단 신형이거든요. 어중간한 중형보다 더 의지가 돼요."

"——그렇다면 맡기지. 목표를 반드시 격파해라."

"예!"

◇

3일 후.

체크를 끝낸 아탈란테가 소행성 네이아에서 약간 떨어진 공역에서 테스트를 하고 있었다.

수송함에 탄 몰리와 래리, 그리고 더그가 테스트하는 모습을 지켜보고 있었다.

장소는 휴게소다.

거대한 모니터 앞에 모여 보는 이유는 세 사람이 소속된 제3소대도 개발팀에 편입되어 있기 때문이다.

래리는 테스트에 질렸는지 모바일 게임을 하면서 불평했다.

"뭣 때문에 우리까지 데리고 온 건지. 탈 기체도 없는데 어쩌라는 걸까요?"

더그는 테스트하는 모습을 바라보면서 잡담에 참여했다.

"위에 있는 놈들은 말단의 불만에 눈길이 안 닿으니 말이다. 쓸데없다고 생각해도 소대 단위로 명령을 내리는 편이 편한 거지."

주스를 마시던 몰리는 더그의 이야기에 납득했다.

"아~, 그럴 것 같아."

세 명이 상층부에 대한 불만을 신나게 이야기하고 있으니 함내에 경보가 울려 퍼졌다.

더그가 바로 일어나 뛰쳐나가려고 하는 건 지금까지 받아온 훈련과 풍부한 실전 경험에서 오는 행동이었다.

하지만 금방 깨달았다.

"칫! 우리가 탈 수 있는 기체는 없나."

래리는 게임기를 테이블에 두고 바로 확인하기 위해 단말기를 조작했다.

"틀렸어. 이 배에 있는 놈들도 혼란에 빠졌어. 바로 제7의 방위 부대가 올 거라서 괜찮을 거라 생각하지만."

하지만 몰리는 모니터를 보면서 양손으로 입을 막았다.

"엠마가!"

모니터에 비치는 아탈란테의 주변에는 소형으로 분류되는 14m에 못 미치는 기동기사들이 무리를 짓고 있었다.

감색 기체에는 소속을 나타내는 물건이 아무것도 없었다.

어디서 제조되었는지도 불명한 미지의 집단이었다.

　경보가 그치지 않는 아탈란테의 콕핏에서 엠마는 초조함에 목소리가 커져 있었다.

　"이쪽은 테스트용 라이플밖에 없는데!"

　미확인 기동기사 6기가 나타나 대응을 강요당하고 있었다.

　어디서 나타났는지도 불명하고 모함 같은 존재의 반응은 없었다.

　개발팀이 탄 수송함과 통신이 연결되어 있어서 파시의 혼란스러운 목소리가 들렸다.

　「어디 소속이야!」

　「불명합니다. 유사한 기체만 있을 뿐, 정체를 알 수가 없습니다.」

　「목적은? 뭔가 요구하는 건 없어?!」

　「없습니다.」

　아탈란테를 조종하는 엠마는 육박해 오는 적기와 싸울 준비에 들어갔다.

　(총은 안 되더라도 블레이드라면!)

　테스트용 라이플을 내던진 아탈란테는 사이드 스커트에서 레이저 블레이드의 칼자루를 꺼내 오른손으로 쥐었다.

　창백한 빛의 칼날이 나타났고 왼팔에 부착된 실드를 들었다.

　"큭?!"

　직후에 덮쳐든 것은 적기가 들고 있던 라이플의 탄환이었다.

실탄 병기를 가진 적기도 있는가 하면 광학 병기를 가진 적기도 있었다.

14m급인 소형 기동기사답게 재빠르고 날렵했다.

그런 적기에 둘러싸이면서도 아탈란테는 실드를 들고 도망 다녔다.

과부하 상태가 되지 않아도 스피드 승부라면 지지 않을 자신이 있었다.

아무리 재빠른 기체라고 해도 아탈란테라면 도망칠 수—— 있었을 텐데.

"출력이 전혀 안 나와?!"

——개수를 받기 전에 느꼈던 아탈란테의 경이적인 가속력이 지금은 느껴지지 않았다.

아탈란테를 보니 이전보다 더 커진 관절 부분에서 푸르스름한 전기가 방출되고 있었다.

쓸모없다고 판단된 에너지를 방출하고 있었다.

"이런 상태로는 도망칠 수 없어!"

서둘러서 바로 아래로 강하하자 조금 전까지 아탈란테가 있던 곳에 스피어—— 창을 가진 적기 3기가 덮쳐왔다.

어떻게든 피하긴 했지만, 엠마는 아탈란테의 파워 부족에 불안을 느끼고 있었다.

(아무리 출력을 올려도 관절 파츠에서 빠져나가면 의미가 없어. 이래서는 아탈란테라고 부를 수 없어.)

개수 전의 성능조차 끌어내지 못했다.

지금의 아탈란테는 필요한 에너지까지 관절을 통해 내보내고 있었다.

이 순간, 엠마는 위화감의 정체를 알아차렸다.

(내가 더 강하게 주장하기만 했으면 이렇게 되지 않았을 텐데!)

아무래도 그때 이렇게 했다면, 하는 생각이 들었다.

파시가 상황을 알렸다.

「로드먼 중위! 제7의 방위부대가 출격했어. 앞으로 3분, 전력으로 도망쳐!」

아군이 올 때까지 버티면 된다.

그렇게만 하면 되는데 적은 싸움에 익숙한 분위기를 지니고 있었다.

엠마가 봐도 적기의 움직임에는 여유가 있었다.

민첩한 움직임을 살려 아탈란테를 바싹 추격해왔다.

엠마의 호흡이 거칠어졌다.

(스피드는 뒤지지 않지만 떨쳐낼 수 있는 정도는 아니야. 이대로 가면 3분 동안 도망칠 수 없어. ──그렇다면!)

지금 이대로는 좋지 않다고 판단한 엠마의 손이 콕핏에 급조로 설치된 스위치가 달린 상자로 뻗었다.

커버가 달린 버튼이 세 개 있는 물건이다.

검지로 세 개의 커버를 올렸다.

이변을 알아차린 파시가 필사적으로 엠마를 설득했다.

「리미터를 해제하면 안 돼!」

그래도 엠마는 버튼을 리미터를 해제하는 순서대로 눌렀다.

"짧은 시간만이라면 지금의 아탈란테도 할 수 있어요!"

(전에도 이 정도라면 어떻게든 됐어. 그렇다면 지금도!)

이전에 우주 해적을 상대했을 때, 아탈란테는 경이로운 활약을 보여줬다.

짧은 시간이라도 그때와 같은 활약을 할 수 있다면 주위에 있는 적기로부터 도망치는 것도, 그리고 쓰러뜨리는 것도 가능하다.

"간다, 아탈란테!"

「멈춰! 지금 상태로는 어떻게 될지 예상할 수 없어!」

파시의 비명이 들려왔지만, 엠마는 망설이지 않고 실행해 버렸다.

리미터가 해제된 순간, 아탈란테는 노랗게 빛나기 시작했다.

각종 데이터가 출력 상승을 알리고 거기에 더해 추가로 경보를 울리기 시작했다.

오버로드── 과부하 상태로의 이행은 기체에도 상당한 부담을 준다.

특수기로 만들어진 아탈란테의 비장의 수단이기도 했다.

관절에서 방출되는 전기도 푸른색에서 노란색으로 바뀌었다.

방전량도 늘어 지금까지와는 명백하게 다른 분위기를 냈다.

"이러면 도망칠 수 있어! ──어?"

풋 페달을 밟고 조종간을 움직였지만── 지금까지 느꼈던 저항이 없었다.

조종간도 풋 페달도 너무 가볍다.

슉 하는 소리라도 들릴 것처럼 가벼웠고 아탈란테에도 반응이 없었다.

자신과 아탈란테를 이어주고 있던 실이 뚝 끊어진 듯한 느낌이 었다.

콕핏 안에서 중력이 느껴질 줄 알았지만, 먼저 느낀 것은 폭발에 의한 흔들림이었다.

"이럴 수가⋯⋯."

눈을 크게 뜬 엠마의 입에서는 믿을 수 없다는 목소리가 새어 나왔다.

아탈란테가 관절에서 불을 뿜자 양팔 양다리가 팔꿈치와 무릎에서 날아갔다.

공격을 당한 것이 아니라── 아탈란테의 내부에서 폭발한 것이다.

그건 적이 보기에 자폭한 것처럼 보였을 것이다.

무방비해진 아탈란테가 그 자리에서 떠도니 적기가 당황할 정도였다.

하지만 상대── 적기의 총구가 아탈란테를 겨눴다.

(죽는다?!)

자신이 죽는다는 것을 알기 싫어도 자각한 순간이었다.

수송함에서 출격한 모헤이브가 손에 든 작업용 기재로 공격을 가했다.

네일건으로 쏜 못이 적기의 라이플을 튕겨냈다.

「무사한가, 아가씨!」

도와주러 온 사람은 더그였다.

"더그 씨!"

그 뒤에는 래리가 타는 모헤이브의 모습도 있었다.

두 기 모두 작업용이라는 걸 알 수 있는 노란색으로 채색되어 있었고 전투용 장비도 딱히 없었다.

래리는 자기 발로 나서놓고도 출격을 후회했다.

「제대로 된 무기도 없는 기체로 출격하다니, 무조건 끝장났어. 내 인생은 여기서 끝이라고! 더그 씨가 무모한 짓을 해서야!」

「그렇게 말하면서 따라왔잖아? 래리. 넌 진짜 좋은 녀석이야.」

모헤이브가 도착하자 적기가 아탈란테와 거리를 뒀다.

래리도 네일건으로 적기를 공격했지만 원래 무기가 아닌 도구다.

조준도 되지 않아 적기는 간단히 피했다.

그리고 두 사람의 모헤이브가 작업용이라는 걸 적도 알았을 것이다.

바로 거리를 좁혀 와서 엠마 일행에게 덤벼들었다.

더그는 눈치 빠른 적을 보고 혀를 찼다.

「좀 더 시간을 벌고 싶었는데, 하핫—— 익숙하지 않은 짓은 하는 게 아니구만. 저놈들이 비웃겠는데.」

현재 상황에 체념해버린 더그는 누군가를 떠올리고 있는 것 같았다.

래리는 울 것 같은 목소리를 내고 있었다.

「젠장! 그래서 난 싫다고 했어!」

전멸의 위기였지만, 예상보다 빠르게 제7병기공장의 방위부대가 와줬다.

그 수는 12기.

제7병기공장제 기동기사들이었다.

「무사한가! 뒷일은 우리가 맡는다.」

방위부대가 나타나자 적기는 바로 철수를 시작했다.

모함도 없는데 어디로 향하는가?

제7병기공장의 방위부대가 추격하러 가는 가운데, 더그가 탄 모헤이브가 아탈란테에게 다가와서 붙잡았다.

「무사하지? 그 상태로 용케 살아남았네, 아가씨.」

평소보다 어느 정도 목소리가 부드러웠다.

엠마는 무엇보다도 더그 일행이 구하러 온 게 기뻐서 눈물을 글썽였다.

"더그 씨……."

더그는 깊은 한숨을 쉬고 눈물을 흘리는 엠마에게 가르쳐줬다.

「전장에 있으면 죽기도 하지. 각오가 안 되어 있으면 지금 군을 그만둬.」

엠마가 죽음을 무서워한다고 생각했지만, 그건 아니었다.

"아니에요! 저 ──아탈란테를 부수고 말았어요."

도움을 받은 것에 대한 감사함도 있지만, 그와 동시에 자신의 한심함을 통감하고 있었다.

더그는 엠마의 반응에 당황했다.

「뭐? 지금은 그런 건 아무래도 좋잖아.」

"아무래도 좋지 않아요!"

더그에게 강하게 대꾸한 엠마는 콕핏 안에서 오열했다.

"나한테 아탈란테는 기사로 있을 수 있는 증명이었는데. 겨우 그 사람과 가까워질 수 있을 줄 알았는데."

분해서 눈물이 멈추지 않았다.

겨우 기사로서 한 걸음 내딛었다고 생각하고 있었던 만큼 분한 마음과 슬픔은 컸다.

──아탈란테가 있으면 자기도 그분과 가까워질 수 있을 거라 생각했는데.

정의의 기사가 될 수 있다고 기대하고 있었는데.

아무리 먼 이상이라도 아주 조금이라도 거리를 좁혀주는 소중한 기동기사.

그걸 자신의 잘못으로 파괴한 게 분해서 엠마는 자신을 용서할 수 없었다.

"미안해. 미안해, 아탈란테."

◇

아탈란테가 무참한 모습으로 격납고로 돌아왔다.

수많은 와이어로 고정된 모습이 팔다리를 뽑히고 묶여있는 것처럼 보였다.

그 모습을 보고 있는 엠마는 무중력 상태로 무릎을 안고 떠 있었다.

(내가 리미터를 해제했기 때문이야. 그렇게 하지만 않았다면 이렇게 되지 않았을 텐데.)

그때로 다시 돌아갈 수 있다면, 하고 몇 번이고 생각하게 된다.

얼굴을 들어 아탈란테를 올려다봤다.

"미안해, 아탈란테. 어쩌면—— 완성하지 못할지도."

개수 후에 오버로드 할 때 자멸했다.

이는 아탈란테 개발팀에게도 큰 실패다.

제3병기공장 상층부에서는 이미 개발 중지가 검토되고 있다고 한다.

특수기 개발을 계속하고 싶은 상층부 사람도 많지만, 반대파도 많을 것이다.

돌아온 파시의 딱딱한 표정을 봐도 개발 중지 분위기가 짙었다.

많은 예산을 들여 개수했음에도 불구하고 성과가 나오지 않으면 어쩔 수 없다.

엠마는 눈물을 흘렸다.

"역시 난, 글러먹은 기사였어."

겨우 활약할 기회를 얻었는데, 그 기회를 자기 손으로 날려버린 게 한심했다.

◇

제7병기공장의 도크에서는 피트 용병단의 우주전함이 보급과 정비를 받고 있었다.

벽에서 뻗어 나온 암에 고정되어 있었고 장갑 일부가 벗겨져 있었다.

제7병기공장의 스태프들이 바쁘게 움직이고 있었다.

사이렌은 그 모습을 홀로 브릿지에서 바라보고 있었다.

표정 없이 가슴 아래로 팔짱을 끼고 누군가가 있는 것처럼 대화하고 있었다.

"──이래서는 성공이라고는 할 수 없어."

사이렌이 중얼거리자 그림자가 흔들리고 대답했다.

거기에는 사이렌의 부하가 숨어있었다.

"실패입니까?"

"파괴라기보다는 자멸이야. 이래서는 클라이언트가 납득하지 않겠지."

의뢰자가 불평하는 모습이 쉽게 상상이 됐다.

부하도 더는 물고 늘어지지 않고 납득한 듯했다.

"그럼 작전은 계속하는군요."

"그래, 모두에게 의뢰는 끝나지 않았다고 전해. 그건 그렇고 신형기의 상태는 어땠어?"

사이렌이 다른 화제를 꺼내자 부하는 아까 전보다 어느 정도 기분 좋은 말투로 말했다.

"파일럿과 정비사들에게도 호평입니다. 다루기 쉽고 싸고 정비성도 좋으니까요. 경리 녀석들도 지갑에 부담이 안 간다면서 고평가 했습니다."

"그건 드문 일이네."

파일럿과 정비사뿐만 아니라 경리를 담당하는 부하들까지 높이 평가한다고 하니 사이렌은 약간 의외였다.

"테스트가 끝나면 정식으로 채용할까."

채용을 생각하는 사이렌에게 부하가 제안했다.

"단장님의 기동기사도 '버클러'로 갈아타는 게 어떤가요? 슬슬 한계였죠?"

부하의 제안을 듣고 사이렌의 표정은 미묘해졌다.

"취향이 아니야. 차라리 여기서 입수할까? ——마음이 가는 기동기사가 있어."

머리에 떠올린 기동기사는 여우 얼굴을 가진 테우멧사였다.

부하는 자신의 제안이 기각당했지만, 신경 쓰지 않고 사이렌에게 물었다.

"사는 겁니까? 저런 기동기사는 비싸요."

"설마. 빌리는 거야."

번필드가 함대 기함의 회의실.

그곳에 모인 사람은 번필드가의 관계자와 제3병기공장에서 파견된 아탈란테 개빌팀의 책임자인 파시다.

긴 테이블을 사이에 두고 마주 보는 양측은 이후의 특수기 개발 계획에 관해 이야기하고 있었다.

책임자로 참가한 클라우스가 자료를 보면서 눈을 약간 가늘게 뜨고 인상을 쓰고 있었다.

클라우스는 평소 표정을 잘 드러내지 않지만, 이번엔 불쾌감이 드러나 있었다.

"시작실험기는 제3병기공장이 책임을 진다고 했었죠. 그런데 지금 와서 공동 개발? 이건 사실상 우리더러 출자하라는 거 아닙니까? 계약에 위반하는 요구입니다."

번필드가와 마찬가지로 프로젝트의 관계자인 군부의 군인과 관료도 표정이 좋지 않았다.

제3병기공장의 제안이 마음에 들지 않는 것이다.

파시는 복잡한 표정을 짓고 있었다.

이제 와서 계약을 바꾸고 예산을 달라고 뻔뻔하게 번필드가에 부탁해야 한다는 점, 아탈란테에 쏟아부은 예산이 낭비됐다며 제3병기공장의 간부에게 책잡혔다는 점. 그리고 이게 제3병기공장 내부의 파벌 싸움으로 번져 휘말렸다는 점 때문이었다.

그러나 파시는 상층부의 의향을 번필드가에 전하는 수밖에 없다. 그녀는 안 좋은 역할을 억지로 떠맡고 있었다.

"상층부에서 특수기 개발을 두고 의견 대립이 있었습니다. 어찌어찌 프로젝트는 존속했지만, 예산삭감은 피할 수 없었지요. 사실상 이대로는 개발을 중지할 수밖에 없는 상황입니다. 만약 계속한다면 외부에서 지원을 받는 수밖에……."

파시가 말을 끝내기 전에 클라우스가 먼저 말했다.

"그러니 계속하려면 우리가 부족한 자금을 내야 한다?"

"……네."

아탈란테 개발에 관련된 파시에게도 이 상황은 본의가 아니었다.

하지만 계약과 달리 개발비를 내놓으라는 말에 번필드가 사람들도 순순히 납득할 수는 없었다.

장성 계급장을 단 군인도 파시를 노려보고 있었다.

그의 시선이 회의에 억지로 참여하게 된 엠마에게 향했다. 엠마는 회의실 구석에 마련된 의자에 긴장하고 앉아있었다.

마치 귀찮게 일을 늘리지 말라고 핀잔을 주는 듯한 시선이었다.

"이 프로젝트의 중요성은 우리도 잘 알고 있습니다. 실제로 몇 번이고 전장에서 특수기의 활약을 봐왔으니까요. 하지만 군에서는 그걸 개발하는 게 꼭 여러분일 필요가 없습니다."

다른 장성도 가만히 있지 못하고 대화에 끼어들었다.

"번필드가는 특수기에 관해선 제7병기공장과 오랫동안 거래해 왔으니까. 영주님도 애용기를 몇 번이나 맡기셨다."

제7병기공장과 번필드가가 친밀하다는 건 제국에선 유명한 이야기다.

파시도 알고는 있겠지만 물러날 생각은 없는 듯했다.

그만큼 아탈란테 개발을 계속하고 싶을 것이다.

"알고 있습니다. 하지만 제3병기공장도 번필드가의 군부를 지탱하고 있는 중요한 거래처라고 자부하고 있습니다."

특수기 개발에 뛰어난 곳이 제7병기공장이라면, 번필드가의 양산기―― 그 외 수많은 부분을 떠받치는 곳은 제3병기공장의 병기다.

그 대표가 기동기사 네반이다.

군인들도 그러한 사정을 이해하고 있기 때문에 불쾌한 표정을 짓고 있었다.

그런 가운데 주위 사람들보다 침착한 태도를 가진 클라우스가 입을 열었다.

"이번 이야기 말입니다만, 저희로서는 판단할 수 없는 안건입니다. 애초에 아탈란테 개발 계획 자체가 그분이 관련되어 있으니까요."

그분.

클라우스의 발언을 듣고 군인들이 한순간 제각각의 반응을 보였다.

놀라는 자, 불쾌한 표정을 짓는 자, 난처한 듯한 표정을 짓는 자.

클라우스는 팔짱을 끼더니 파시에게 답변 보류를 고했다.

"바로 확인하죠. 하지만 그분도 바쁩니다. 답변은 오래 기다려야 하는데, 그래도 괜찮은지?"

파시도 이 이상의 설득은 무의미하다고 판단했는지 얌전히 물러났다.

"알겠습니다. 본부에는 제가 설명해두겠습니다."

◇

회의가 끝나자 파시와 군인들이 방에서 나갔다.

남은 사람은 클라우스와—— 클라우스가 불러 세운 엠마 두 사람이었다.

"로드먼 중위, 너의 솔직한 감상을 듣고 싶다."

"아, 네!"

클라우스는 몸을 긴장시킨 엠마에게 난처한 듯이 미소 지었다.

"긴장할 필요는 없다. 개인적인 감상을 듣고 싶을 뿐이야. 너는 아탈란테라는 기체가 정말로 완성될 거라 생각하나?"

"그건……."

기술적인 질문을 받았다고 생각한 엠마가 어떻게 대답해야 할지 생각하는 사이에 클라우스는 단말기를 조작해 자기 주위에 스크린을 몇 개나 투영했다.

거기에 비친 것은 아탈란테의 데이터였다.

"제3병기공장이 개발한 아탈란테는 확실히 고성능 기체다. 하지만 현시점에 다룰 수 있는 파일럿은 아마 널 포함해도 번필드 가에는 몇 명밖에 없을 거다. 그런 기동기사가 진정한 의미로 완성될까? 네 의견을 들려줬으면 한다."

진정한 의미의 완성이란 병기로서의 완성을 의미한다.

아탈란테는 병기로서 보면 큰 문제를 안고 있다.

파일럿이 한정되는 것도 문제지만 기체의 안전성도 중요하다.

현장의 기사와 군인들은 전장에서 불안정한 병기를 타고 싸우고 싶지 않을 것이다.

많은 문제를 안고 있는 아탈란테가 정말로 병기로서 완성될 것인가?

클라우스는 그걸 엠마에게 묻고 있었다.

엠마는 고개를 숙이면서 물었다.

"……그들은 아탈란테가 병기로서 불완전하니까 개발을 중지하길 바라는 건가요?"

자신에게 아탈란테는 존재의 증명이긴 하지만, 군에서 보기에는 개발 중지가 당연한 판단이었다.

하지만 엠마는 개인적으로 납득할 수 없었다.

클라우스는 심경이 복잡한 엠마에게 아탈란테 계획의 의의에 관해 설명했다.

"번필드가의 주력 기동기사는 네반이다. 그 네반이 한층 더 발전하는 것은 본 가문의 이익이 된다고 판단하여 영주님이 개발 계획을 승인하신 거지. 이 계획이 단 한 기의 특수기 개발이라는 작은 규모의 계획이 아니라는 걸 이해하고 있나?"

"그, 그건……."

엠마는 시선을 이리저리 돌렸다.

아탈란테 완성에만 정신이 팔려 자신이 이 계획의 진짜 의미를 놓치고 있었다는 걸 깨달아버렸기 때문이다.

군은 단 한 기의 특수기 개발을 위해 막대한 예산을 할애하지 않는다.

아탈란테 완성이 군에―― 그리고 제3병기공장에 이익을 가져오리라 생각했기 때문에 인력과 예산이 나온 것이다.

클라우스가 냉엄한 현실을 들이대자 엠마는 고개를 숙이고 말았다.

분해서 손을 꽉 쥐었다.

(난 계속 눈앞에 있는 것만 봐왔어. 그래서 이 계획에 어떤 의미가 있는지 진지하게 생각하지 않았어.)

개발 계획에 대한 내용도 들었고, 네반 타입의 더 큰 발전이라는 명목도 알고 있었다.

그저 엠마에게 실감이 없었을 뿐이었다.

(사실은 더 큰 의미가 있었는데, 난 기사로서 인정받고 싶어서 내 생각만 했어.)

후회하는 엠마를 본 클라우스가 어조를 누그러뜨렸다.

"네가 아탈란테라는 특수기를 특별하게 생각하고 있다는 건 알고 있다. 하지만 필요성을 생각하는 건 우리가 아니다. 우리는 자신에게 주어진 임무를 수행하는 것을 생각하면 된다. 그러니 한 번 더 물어보지. 정말 아탈란테의 완성이 가능하겠나?"

엠마는 아랫입술을 깨물었다.

(나에게 주어진 임무는…… 아탈란테를 완성시키는 것!)

엠마는 얼굴을 들어 클라우스의 얼굴을 똑바로 바라보며 대답했다.

"……반드시 완성시키겠습니다."

엠마의 속마음을 헤아렸는지 클라우스는 주위의 영상을 전부 껐다.

"그런가."

◇

엠마를 내보낸 클라우스는 이번 일의 보고서를 정리하고 있었다.

공중에 투영된 영상을 보면서 보고서를 작성해 나갔다.

그 자료 중에는 테스트 파일럿인 엠마의 데이터도 있었다.

클라우스는 엠마의 데이터를 보면서 부자연스러운 부분을 발견했다.

"어쩐지. 이상하다 싶었는데, 기사 학교의 성적이 처참했군."

신참 기사가 바로 B랭크로 승격된 데다가 중위를 달았다.

그야말로 엘리트 코스를 밟고 있는 기사들보다 더 빠르게 출세한 건데, 배치된 곳이 고작 변경 치안 유지 부대라는 게 신경 쓰였다.

"그녀가 그 시작실험기를 특별히 여길만하군."

아탈란테를 얻기까지 활약다운 활약을 못 했다.

그뿐만 아니라 기사로서는 낙제다.

아탈란테는 그런 엠마가 겨우 손에 넣은 '활약할 기회'인 것이다. 클라우스는 그녀가 이 기동기사에 집착하는 이유를 금방 이해했다.

"아무도 탈 수 없는 결함기를 조종할 수 있다는 것만으로 이미 평범을 벗어났다는 걸 자각해야 할 텐데."

동시에 엠마는 자신의 능력을 더 높이 평가해야 한다.

클라우스는 엠마에 대해 생각했다.

부족한 부분도 많다는 인상을 받았지만 클라우스는 좋게 평가하고 있었다.

"눈앞에 있는 것만 바라보는 젊은이의 전형이었지만, 열의는 있단 말이지……."

엠마와 파시가 아탈란테 계획에 열의를 가지고 있다는 건 틀림없다.

그 열의에 조금이라도 협력하고 싶다는 마음이 들었다.

주위에 아탈란테의 데이터를 표시하고 그 데이터들을 보면서 팔짱을 꼈다.

"완성되면 틀림없이 네반 타입은 더 크게 발전할 수 있겠지. 그렇게 되면 네반 타입을 운용해온 이 가문의 이익이 된다……."

그렇게 중얼거리면서 보고서와는 다른 서류를 준비했다.

거기에 클라우스의 이름으로 아탈란테 개발 계획 계속을 희망한다고 단숨에 써내려갔다.

전자서류에 사인을 끝낸 클라우스는 작은 한숨을 쉬었다.

"내가 할 수 있는 일은 여기까지다. 뒷일은 어떻게 될지 운에 맡겨야지."

격납고.

결박된 아탈란테 앞에 엠마가 무릎을 끌어안고 얼굴을 가리고 부유하고 있었다.

그 옆에는 당황한 몰리가 있었다.

지금은 필사적으로 엠마를 달래고 있었다.

"그건 어쩔 수 없는 일이야. 파시 씨도 말했는데, 기체가 정상이었다면 폭발했을 리가 없대. 엠마가 신경 쓸 일이 아니야."

애초에 이번 일은 엠마에게만 책임이 있는 게 아니다.

당연히 개발팀의 책임도 크다.

다만 파시는 전투 중의 데이터를 보고 오버로드 상태는 위험하다고 판단해서 엠마를 말리려고 했다.

그 제지를 듣지 않은 건 엠마다.

"아니야. 그때 내가 판단을 잘못했기 때문이야. 리미터를 해제하지 않았다면 이렇게 되지 않았을 텐데."

부서져서 팔다리를 잃은 아탈란테를 보고 엠마는 눈물지었다.

몰리는 그런 엠마를 필사적으로 계속해서 설득했다.

"아~, 진짜 어두워! 너무 어둡다고! 엠마가 고민해도 해결되지 않아. 그리고 모처럼 목숨을 건졌는데 구질구질하게 굴면 살려준 더그 씨랑 래리도 기분이 안 좋을 건데?"

위험한 상황 속에서 더그와 래리는 엠마를 구하기 위해 작업용 모헤이브로 급히 와줬다.

엠마는 고개를 떨군 채로 두 사람의 얼굴을 떠올렸다.

(그러고 보니 아직 제대로 고맙다고 인사를 안 했어. 둘에게 제대로 고맙다고 전해야 해.)

엠마는 눈물을 닦고 두 사람을 만나러 가기로 정했다.

"일단 둘을 만나서 고맙다고 할게."

겨우 움직이기 시작한 엠마를 보고 몰리는 깊은 한숨을 쉬었다.

"그러는 편이 좋을 거야. 아무 말도 안 하고 있으면 나쁜 인상을 주니까."

하지만 엠마는 이런 경우에 어떻게 사례하면 좋은지 몰랐다.

엠마에게 두 사람은 생명의 은인이라 빈손으로 감사의 마음만 전해도 되는가? 하는 마음이 있었다.

"그건 그렇고, 두 사람한테 뭔가 선물하고 싶은데 뭐 좋은 게 있을까?"

몰리는 약간 위를 올려다보며 생각하면서 대답했다.

"더그 씨는 무조건 술인데, 래리는 어떠려나? 게임 과금용으로 돈이라도 주면 좋아할지도."

"도, 돈으로 괜찮을까?"

엠마는 그건 좀 어떤가 싶었지만, 달리 래리가 좋아할 만한 물건이 상상이 안 됐다.

(그러고 보니 난 내 소대의 부하들에 대해 아무것도 모르는구나…….)

◇

네이아 안의 거주 구역은 저녁 시간에 돌입하자 조명이 어두워졌다.

그런 시간대에 엠마와 제3소대의 인원들은 환락가에 와있었다.

네이아의 환락가는 도시 규모를 생각하면 작은 편이라, 밤이 되면 굉장히 붐빈다는 게 특징이었다.

엠마 일행은 술집에 들어왔는데, 둘러보니 모든 자리에 손님이 앉아있었다.

대부분이 제7의 사람들이었고, 드문드문 번필드가의 관계자들도 보였다. 기사와 군인들이 부대의 동료를 데리고 온 듯했다.

테이블의 간격이 가까워서, 바로 옆 테이블이 떠드는 소리가 시끄러울 지경이었다.

그런 와중에 엠마는 주스가 든 잔을 들었다.

"어, 음, 그러면—— 건배?"

도움을 받아 사례하는 것이라 이 자리는 엠마가 한턱내기로 되어있다.

그래서 건배사를 말했는데 어색한 인사가 돼버렸다.

동기들과는 몇 번인가 모여서 시끄럽게 논 적도 있지만 배치된 이후 지금까지 부하들과 마실 기회는 없어서 어떻게 해야 하는지 알 수 없었다.

그런 엠마를 무시하고 래리가 무섭게 주문했다.

마련된 메뉴판 자체가 단말기라서 조작하면 주문이 바로 주방으로 가게 되어 있었다.

"사주는 거면 마음대로 시켜도 되겠지."

그렇게 말하고 비싼 요리를 잇달아 주문했다.

사양이라는 게 조금도 없었다.

몰리는 래리를 보고 기막혀했다.

"조금은 사양할 수 없는 거야? 엠마의 잔고 좀 신경 써주라고."

그러자 래리는 주문을 끝내고 메뉴 단말기를 더그에게 건넸다.

"몰리는 여전히 세상 물정에 어둡구나."

"왜 날 걸고넘어지는 건데?!"

"우리와는 달리 기사님은 고소득자라고. 더구나 B랭크 중위님이니까. 우리가 놀랄 만한 급료를 받고 있을 거라고."

몰리가 엠마의 얼굴을 응시했다.

"엠마 고소득자였어?!"

두 사람의 반응에 엠마는 굳은 표정을 지었다.

"아니, 그러니까. 확실히 급료는 괜찮다고 생각하는데 그렇게까지 많이 받는 건 아니야. 애초에 기사는 일반인보다 지출도 많으니까."

기사들은 강인한 육체를 가진 만큼, 일반인보다 더 소비 칼로리가 많다.

일반적인 생활을 해도 일반인의 배는 먹어야만 육체를 유지할 수 있다.

그 외에도 다양한 상황에서 지출이 늘어나기 때문에 일반 군인과 똑같은 급여를 받으면 생활을 꾸려나갈 수 없다.

엠마의 그런 변명을 듣고 잔에 든 술을 다 마신 더그가 웃고 있었다.

메뉴 단말기로 다음으로 마실 술을 고르기 시작했다.

"이런 건 기분 좋게 사야 부하의 마음을 사로잡을 수 있다고. 은혜를 느낀다면 이럴 때 써야지."

목숨을 구해줬는데 사례를 인색하게 하면 안 된다는 말이었다.

엠마는 아픈 곳을 찔렸다고 생각해 자포자기하면서 말했다.

"알았어요. 알겠다구요! 그냥 팍팍 시키세요!"

언질을 잡은 더그가 씨익 웃었다.

"좋아, 아가씨. 그럼 난 이 비싼 술을 시켜볼까."

래리는 주문한 요리가 와서 받고 있었다.

받은 요리는 보기에도 비싸 보이는 요리뿐이었다.

"그런 거야. 자, 몰리도 좋아하는 걸 주문해."

메뉴 단말기를 건네받은 몰리는 엠마의 눈치를 보면서 망설였다.

"아무리 그래도……."

엠마는 끝까지 허세를 부렸다.

"신경 쓰지 말고 주문해. 괜찮아! 난 기사니까! 일단은……."

스스로 말했으면서, 자신감을 잃어버린 듯 갈수록 목소리가 작아졌다.

사실 기사인지 아닌지는 크게 중요하지 않았지만, 몰리는 납득했는지 메뉴 단말기를 조작하기 시작했다.

"그럼, 이거랑…… 이거!"

계속해서 주문이 들어가고 메뉴 단말기 오른쪽 아래에 있는 합계 금액이 올라갔다.

엠마는 그 숫자에 마른 웃음이 나왔다.

(아하, 아하하하핫! 이번 달은 꼼짝없이 절약이구나…….)

부하들이 술을 마셔 취기가 돌기 시작한 무렵.

엠마는 이 기회에 세 사람에 대해 알려고 말을 걸었다.

평소에는 할 수 없는 이야기도 지금이라면 할 수 있을 것 같은 느낌이 들었다.

실제로 취기가 돈 세 사람은 평소보다 긴장이 풀려있었다.

"더그 씨, 뭐 하나만 물어봐도 될까요?"

"뭔데?"

평소엔 접할 기회가 없는 고급주에 기분이 좋아진 더그는 실실 웃고 있었다.

엠마는 이 틈을 타서 심도 있는 질문을 꺼냈다.

"제가 어떻게 하면 메레아 사람들에게 의욕이 생길까요?"

그러자 더그의 움직임이 멈췄다.

래리도 식사하던 손을 멈추더니 미간을 찌푸리고 엠마를 째려 봤다.

혹시 화가 났나 싶어 표정을 살피니, 더그가 머리를 긁으면서 쓴웃음을 지었다.

엠마의 끈질김에 질린 모양이었다.

"우리가 의욕을 보였으면 하나?"

"물론이죠!"

더그는 이런 이야기가 나올 때마다 말을 돌리곤 했는데, 오늘 은 아니었다. 술값에서 나온 의리였다.

"아가씨, 내가 옛날이야기를 하나 들려주지."

"옛날이야기요?"

다소 뜬금없는 소리였지만, 더그는 개의치 않고 말을 이어갔다.

"번필드가의 군대가 재편되기 전의 이야기야. 그 시절의 우리는 정말 하루하루가 정신없을 만큼 바빴다. 지금도 생각하면 진저리가 날 지경이지.”

번필드가의 통솔은 현 당주인 리암이 영주가 되기 전까지 여러모로 끔찍했다.

사람들은 활기가 없고, 영지는 하루가 다르게 쇠퇴했다.

군대도 마찬가지였다.

“위에서 내려오는 병기라고는 모조리 중고품뿐이었다. 아니, 오히려 중고면 나은 편이었지. 어떤 때는 고장 나서 못 쓰는 고철을 받은 적도 있었다. 우리는 그것들을 어떻게든 보수해서 조심조심 쓰는 게 일상이었지.”

장비라고는 값싸게 매입한 모헤이브 등의 양산기 중고품뿐, 그나마도 작동하면 다행이었고 고장 난 녀석도 많았다.

엠마도 들은 적이 있는 이야기였다.

“끔찍한 시대였다고 들었어요.”

더그가 엠마의 말을 듣자 뭐라 형언할 수 없는 표정을 지었다.

“어설픈 동정은 필요 없어. 그건 직접 겪어보지 않으면 모를 끔찍함이니까. 뭐, 아무튼 부대가 그런 꼴이니, 자연스럽게 불량군인도 많았다.”

“불량군인이요?”

엠마가 갸웃하자 더그가 작게 웃었다.

“크크, 지금 우리가 그 불량군인이 아니냐고 생각했지?”

“아, 아니에요…….”

정곡을 찔린 엠마는 더그의 시선을 피하며 얼버무렸다.

"옛날엔 우리도 착실했어. 다른 놈들은 도망치기만 하고 싸우지도 않으니까, 우리라도 싸우지 않으면 백성을 지킬 사람이 없다고 생각하며 버텼지. 싸우고, 또 싸우고…… 우리 나름대로 필사적으로 지켜왔어."

"그건 전에도——."

"그렇게 우린 많은 동료를 잃었다."

"!"

엠마가 하려던 말을 삼켰다.

더그는 어느새 진지한 표정이 되어 있었다.

"나도 많은 지인을 잃었어. 신세를 진 상관에 서로 경쟁하던 동료. 착한 녀석도 많이 있었지만 다들 죽어버렸어."

주문한 술이 오자 더그는 그 술을 마시면서 계속해서 이야기했다.

"모든 것을 잃었어. 그래도 우리가 하는 일에는 의미가 있다고 생각하고 있었어. 하지만 말이다, 영주가 바뀌고 모든 것이 바뀌었을 때—— 우린 팽팽했던 실이 끊어진 느낌이 들었어."

먼 곳을 바라보는 더그의 표정은 마음이 이미 꺾인 듯했다.

엠마는 생각했다.

(더그 씨 같은 사람들이 없었다면 난 이 세상에 태어나지 못했을지도 몰라.)

리암 탄생 후, 불량군인이 돼버린 더그 일행.

하지만 그 이전에는 번필드가의 본성 하이드라를 지키기 위해 싸워왔다.

많은 동료의 목숨을 잃으면서 계속 싸웠다.

그렇기에 엠마는 더그와 모두가 다시 일어서주길 바랐다.

"여러분 덕분에 우리가 이렇게 살아있다고 생각해요. 그러니 한 번만 더 힘내보지 않을래요? 더그 씨와 여러분도 자기의 의지로 군에 남았죠?"

옛 군대를 재편할 때, 번필드가는 군인들에게 재취직을 할 길을 마련했다.

아직 군인이라는 것은 더그가 스스로 선택해서 군에 남았다는 것을 의미한다.

하지만 더그는 자조했다.

"군 생활을 너무 오래 해서 다른 곳에서 사는 게 귀찮아졌을 뿐이야. 지금까지 열심히 해왔으니까 가능한 한 군대에 들러붙어서 살아가겠다고 생각했을 뿐이지."

엠마는 그런 더그의 말에 반박했다.

"거짓말이죠? 그렇다면 왜 절 구해준 거죠? 적기를 상대로 작업용 모헤이브를 타고 와줬잖아요."

엠마가 최근의 일을 이야기하자 더그는 머리를 긁적이며 입을 다물어버렸다.

아무래도 순간적으로 그런 행동을 한 이유가 떠오르지 않는 듯했다.

"글쎄. 내가 알고 싶을 지경이야."

그러자 조용히 있던 래리가 입을 열었다.

"기사는 거리낌 없이 다른 사람의 사정을 파고드는 걸 좋아하나? 이래서 기사라는 놈들이 싫다고."

기사가 싫다고 하는 래리는 아주 불쾌하다는 얼굴을 하고 있었다.

"그렇게 기사가 싫으세요?"

"그래, 싫어. 다른 사람도 아니고 더그 씨가 과거를 떠올리게 만들고 말이야."

"하, 하지만 저도 이것저것 알고 싶어서……."

"……더그 씨는 과거에 연인과 동생을 전쟁으로 잃었어."

"네?"

엠마가 더그에게 고개를 돌리니 본인은 눈을 내리뜨고 술을 홀짝홀짝 마시고 있었다.

누군가를 그리워하는 표정이었다.

래리는 엠마가 부주의하게 더그의 과거를 파고든 것이 용납되지 않는 모양이었다.

"힘든 싸움 속에서 연인도 친동생도 잃었어. 그런데 영주님은 쓸모없다고 싸잡아서 우리 모두를 버렸어. 난 그런 놈을 정의의 사도라면서 존경하는 너 같은 기사가 제일 싫어."

더그에게 미안한 마음도 들었지만, 그 이상으로 동경하는 사람을 모욕당해서 엠마도 참을 수 없었다.

취기가 돌기 시작했기 때문일 것이다.

"래리 씨도 그 제일 싫어하는 기사를 목표로 삼았다고 들었어요."

엠마가 그렇게 말하자 래리는 더그를 째려봤다.

"더그 씨?"

더그는 거북해했다.

"딱히 괜찮잖아? 좋은 기회니까 얘기해주는 게 어때? 네가 당한 일을 알면 아가씨도 조금은 눈이 뜨이겠지."

래리는 괘씸함을 느끼면서도 엠마에게 자신의 과거를 이야기할 마음이 든 것 같았다.

기사를 정의로운 존재라고 믿는 엠마가 눈을 뜨게 해주기 위해서.

"나도 옛날엔 기사를 동경했어."

"역시 기동기사를 타고 싶었나요?"

"내가 너랑 똑같은 줄 알아?"

래리는 옛날에 기사라는 존재에 동경을 품고 있었다고 말했다.

하지만 자세히는 가르쳐주지 않았다.

가르쳐주는 것은 꿈이 부서진 뒤의 이야기다.

"……결국 기사가 되지 못했지만, 그래도 기동기사를 탈 수 있는 파일럿이 됐어. 그리고 지금처럼 기사가 대장을 맡는 소대에 처음 배치가 됐지."

래리가 이야기하기 시작하자 피자를 먹고 있는 몰리가 보충했다.

"함대의 기동기사 부대에 배치됐지? 지금은 이 꼴이지만 전에는 기대받는 성실한 파일럿이었어."

몰리의 이야기를 듣고 엠마는 믿을 수 없다는 표정을 지었다.

"그랬어?!"

"응. 훈련 학교를 우수한 성적으로 졸업해서 기사 밑에 배치된 거야."

몰리가 술술 이야기해버려서 래리는 뭐라 표현할 수 없는 표정을 지었다.

"……그랬지."

엠마는 반항적인 래리를 보면서 우수하고 성실했던 때를 상상하지 못했다.

"대단하네요!"

"대단하다고 해도 일반병 수준이야. 게다가 지금의 너처럼 꿈 많은 꼬맹이였어. 그래서 기사라는 존재에 이상한 동경을 품고 있었던 거지."

"이상한 동경이라니, 너무하지 않나요? 자신의 꿈을 그런 식으로 말하지 마세요."

꿈에 관해 이야기하는 엠마를 귀찮게 생각했는지 래리는 이야기를 계속하기로 한 듯했다.

"원래 하던 이야기로 돌아가는데, 그때의 대장이 쓰레기였어."

"네?"

"우리 같은 기사가 아닌 파일럿을 잡졸이라 부르면서 쓰레기처럼 취급하는 놈이었지. 자기 공적을 위해서라면 부하 목숨도 아무렇지 않게 버리는 놈이었어."

"그, 그럴 수가……."

차마 엠마도 번필드가의 기사는 그런 짓을 하지 않는다고 반론할 수는 없었다. 모든 기사가 착하지는 않으니까.

실제로 악행을 일삼는 기사도 있다. 엠마도 기사학교에서 군사 경찰에 체포당하는 기사가 매년 있다고 배웠다.

당시를 떠올렸는지 래리는 증오가 담긴 표정을 짓고 있었다.

고개를 숙이고 그대로 이어지는 내용을 이야기해줬다.

"그때의 난 다른 보통 기사는 착실하다고 믿고 있었거든. 위에 보고해서 어떻게든 조치를 받으려고 했지. 그랬더니 무슨 말을 들었을 것 같아?"

엠마는 얼굴을 들고 어두컴컴한 웃음을 띤 래리에게 대답하지 못했다.

"그, 그러니까."

"중대장인 기사한테 보고했더니 이런 말을 들었어. '기사를 거스르는 군인 따위는 필요 없다'란다. 그 후에 대장이 내가 일러바쳤다는 걸 알아서 사적 제재를 받았어. 그 후에도 계속 괴롭힘을 당했지."

성실하고 우수──그런 기대 받는 파일럿이었던 래리도 그때의 경험 때문에 기사에 대한 동경을 버렸다고 한다.

엠마는 머릿속으로 생각했다.

(기사 학교를 나온 선배들? 아니, 아니야. 래리 씨의 경력을 생

각하면 아마 다른 곳에서 온 기사들일 거야.)

번필드가에서 키운 기사가 아닌 다른 곳에서 흘러들어온 기사들일 것이다.

기사가 부족한 번필드가에서는 기사들을 매년 대량으로 고용하고 있다.

기사학교를 졸업한 기사들도 늘어나기 시작했지만, 쉽게 말하자면 상층부는 영외에서 흘러들어온 기사뿐이다.

현재까지 영내 출신인 간부급 기사는 존재하지 않았다.

하지만 그렇게 말해도 래리는 납득하지 않을 것이다.

래리는 말했다.

"너도 기사에 대한 동경은 버리는 편이 좋을 거야. 애초에 기사는 정의의 사도가 아니니 말이야."

엠마는 허벅지 위에 둔 양손을 꽉 쥐었다.

"알고 있어요. 그래도 전 그 사람 같은 정의의 기사가 되고 싶어요."

완고한 엠마를 보고 래리가 한숨을 쉬었다.

"그럼 선언하지 말고 좀 더 마음에 담아두는 정도로 하라고. 다른 부대에 배치돼서 똑같은 소리를 하면 비웃음당하고 바보 취급당할 뿐이야."

"비웃음당해도 신경 안 써요! ……아니, 왜 제가 이동하는 분위기인 거죠?!"

래리의 말투를 들어보면 엠마가 메레아에서 나와 다른 부대로 배치되는 게 결정된 것처럼 들렸다.

그때 가만히 이야기를 듣고 있던 더그까지도 이동을 전제로 이야기했다.

"당연하지. 메레아는 좌천지야. 아가씨 같은 특별한 기사가 있을 부대가 아니라고."

"멋대로 정하지 마세요! 애초에 근무지를 정하는 건 저희가 아니에요!"

"오히려 그러니까 하는 말이지. 윗선은 아가씨를 이런 부대에 남겨두고 싶지 않을걸? 언젠가 아가씨한테는 걸맞은 부대로 이동하라는 명령이 내려올 거야."

더그 일행은 엠마가 특수기 개발 과정에서 비범한 재능을 보여줬으니 언젠가 다른 부대로 이동해서 활약하게 되리라 생각하고 있었다.

몰리가 슬픈── 건 아니고, 술에 취해 눈물샘이 약해져서 울기 시작했다.

"엠마──! 어디 다른 부대에 가는 거야? 날 두고 가지 마아~."

몰리가 울면서 안겨서 엠마는 당황했다.

"안 가니까 그만 울어! 남들이 이상한 눈으로 보잖아!"

그 후, 눈물을 그치지 않는 몰리를 달래고 엠마 일행은 해산하게 되었다.

몰리가 눈물을 그치는 걸 기다리고 있는데 엠마는 시선을 느껴서 머리를 움직여 시선을 이리저리 돌렸다.

"어라?"

그런 엠마를 이상하게 여긴 더그가 취해서 빨개진 얼굴로 물어봤다.

"왜 그래, 아가씨?"

"──아뇨, 기분 탓인 것 같아요."

(누군가가 우리를 보고 있었던 것 같은데── 분명 기분 탓이겠지?)

◇

술집에서 나온 3인조 여성들이 골목으로 들어가자 단말기를 써서 보고했다.

"단장님, 표적에 관해서입니다만……."

통신 상대의 얼굴은 보이지 않았고 사운드 온리라고 표시되어 있었다.

「뭔가 알아냈나?」

"예, 아무래도 저희가 신경 쓸 정도는 아닌 것 같습니다. 그냥 아직 꿈꾸는 애송이입니다."

「아직 한참 어리지?」

"예, 이야기를 듣고 웃음을 터뜨릴 뻔했습니다. 느닷없이 정의의 기사가 되겠다고 떠드는 바람에……."

여자는 웃으면서 보고했지만, 상대의 반응이 변했다.

「──그거 상당히 꿈이 많은 아이구나.」

뼛속까지 차가워질 것 같은 낮은 목소리였다.

여자들이 놀라고 있으니 상대는 통화를 끝내려고 했다.

「좋아. 너희는 이만 돌아와.」

"아, 네."

통신이 끝나자 여자들은 서로의 얼굴을 마주 봤다.

"지금 단장님, 상태가 이상하지 않았어?"

"기분이 안 좋았던 거 아냐?"

"그, 그렇지."

평소 같으면 보고로 그렇게까지 격분하지 않는다며 그들은 의문을 가졌다.

다음 날.

엠마는 더그와 래리에게 이야기를 들었지만, 친한 몰리의 이야기를 듣지 못하고 어젯밤은 끝나고 말았다.

그래서 오늘은 몰리와 함께 아침부터 외출하기로 했다.

여자끼리 거리에 쇼핑하러 왔다.

엠마와 몰리는 쇼윈도에 진열된 상품을 보고 떠들고 있었다.

둘 다 눈동자를 반짝이며 흥분해서 목소리가 커졌다.

"이거 대단하지 않아?! 이런 건 좀처럼 볼 수 없어!!"

"좋아! 이건 보물이야, 엠마!"

젊은 여자아이가 떠드는 모습에 주위를 걷는 사람들이 기이하다는 듯이 쳐다보고 있었다.

두 사람의 모습은 특별히 신기하지도 않지만, 문제는 두 사람이 보고 있는 상품이었다.

유리 너머에 진열된 상품을 앞에 두고 엠마의 말이 빨라졌다.

"이거, 어비드랑 동형인 기동기사야! 번필드가 특별 사양이 아닌 어비드라니, 레어 중의 레어야. 번필드가라면 개러지 킷인 어비드도 있지만, 다른 곳에선 못 본다고 하니까. 역시 어비드를 개발한 제7병기공장다워. 재현도도 엄청나게 높아! 아~, 이걸 사서 친가에 장식하고 싶어~."

장식되어 있던 것은 어비드── 번필드가의 영주가 애용기로 삼고 있는 기동기사의 프라모델이었다.

다만 번필드가 사양과는 달라서 컬러링은 회색빛이 도는 금속색이었다.

무엇보다도 어비드는 기종의 본래 명칭이 아니다. 리암의 3대전 영주인 알리스타가 애용기에 붙인 이름이다. 알리스타와 어비드가 활약하면서, 제7병기공장이 차후에 그 이름을 채용한 거다.

엠마 옆에서는 몰리가 유리에 볼과 양손을 밀어붙이며 안에 있는 상품을 바라봤다.

"순정에 기본 사양인 어비드는 완전 레어하잖아. 하이드라에서는 아마 10배의 가격이 붙지 않을까? 그걸 빼더라도 상당히 비싸지만."

두 사람이 가격을 보고 어깨를 축 늘어뜨렸다.

알리스타의 기체였던 어비드는 몇백 년도 전에 활약한 기동기사이며 프라모델이 된 것도 상당히 이전의 일이다.

현재는 생산하지 않는다는 설명문이 적혀있었고 판매되었던 당시의 가격보다 더 비싸져 있었다.

"프리미엄 가격이네. 하지만 여기서 안 사면 어쩌면 평생 못 살지도 모르는데."

엠마는 어젯밤에 많은 돈을 쓴 참인데도, 우연히 발견한 보물에 팔짱을 끼고 고민에 빠졌다.

긴 고민 끝에 나온 결론은 구매였다.

"좋아, 사자! 사서 조립해서 본가의 선반에 장식할 거야! 리암님의 어비드 모델 옆에 이 아이를 나란히 세워놓고 싶어!"

진지한 표정의 엠마를 보고 몰리가 감탄하면서 손뼉을 쳤다. 그러나 이내 곧 고개를 갸웃했다.

"잠깐만, 엠마. 그 버전의 어비드의 프라모델이 있어? 정식 출시는커녕 개라지 키트도 판매 허가가 안 난다고 들었는데? 단속 대상 아니었나? 설마 풀 스크래치야?"

몰리는 엠마가 개인적으로 처음부터 제작한 건가? 라고 생각한 듯했다.

그런 몰리에게 엠마는 의기양양한 얼굴로 입수한 경위를 이야기했다.

"후후, 그것이 사실은 아주 잠깐 팔았었단 말이지. 단 몇 달만 판매했던 환상의 키트야."

몰리가 양손을 입에 대고 엠마를 부러워했다.

"좋겠다아~!"

엠마는 당시를 회상하면서 운이 좋았다며 기쁨을 음미했다.

"난 그때의 자신을 칭찬하고 싶어. 어쨌든 그때의 전 재산을 다 털어서 세 개를 샀으니까."

같은 것을 세 개나 샀다고 자랑하는 엠마를 보고도 몰리는 기겁하지 않고 솔직하게 감탄했다.

"엠마 대단하다! 그건 훌륭한 결단이야!"

칭찬받은 엠마는 그대로 모형 가게에 들어가서 어비드 키트 세 개를 사서 가게를 나왔다.

기뻐하면서도 얼굴은 어째서인지 파랗게 질려 있었다.

몰리가 걱정해서 이유를 물었다.

"엠마, 왜 그래? 무슨 문제라도 있었어?"

그러자 엠마는 파랗게 질린 이유를 이야기하기 시작했다.

"분위기를 타서 세 개나 사버렸는데, 아무리 생각해도 이번 달은 너무 많이 써서 할부로 샀어. 한동안은 절약해야 할 것 같아."

하나만 사면 될 것을 욕심내서 세 개나 사버렸다. 이제 그 대가로 수 개월간의 절약 생활을 해야 한다.

몰리는 뭐라 말하면 좋을지 알 수 없는 듯했다.

"그, 그래. 큰일이네. 점심은 내가 살까……?"

생활이 어려워진 엠마에게 몰리의 제안은 굉장히 매력적이었다.

하지만 엠마는 일단 제3소대의 대장이다.

"고마워, 몰리! 하지만 나는 제3소대의 대장이니까, 부하에게 얻어먹을 수는 없어."

"엠마가 너무 과하게 생각하는 게 아닐까. 어차피 어제 많이 얻어먹었으니까 조금 갚는 걸로 하자."

어제의 보답이라는 몰리의 말을 듣고 엠마는 기뻐서 눈물이 날 것 같았다.

"고마워, 몰리!"

그렇게 가게 앞에서 두 사람이 떠들고 있는데, 웬 아름다운 여자가 다가왔다.

얼굴을 바라보니, 저번에 라쿤을 보던 여자였다.

그 여자는 두 사람에게 주의를 줬다.

"가게 앞에서 떠들면 폐가 되지 않겠어?"

주위를 보니 많은 시선이 모여 있었고, 부끄러워진 엠마는 얼굴을 빨갛게 물들였다.

황급히 여자와 주위 사람에게 사과했다.

"죄송합니다! 죄송합니다!"

그걸 보고 여자는 빙긋 미소 지었다.

"나한테 사과할 일은 아니지. 그보다 우리, 전에 만난 적이 있지? 신형 기동기사를 보러 왔을 때."

살짝 고개를 갸웃하며 미소 짓는 여자에게 엠마는 동의했다.

"아, 네."

"역시. 기운 넘치는 건 좋지만, 좀 차분할 줄도 알아야지."

"아하하── 조, 조심할게요."

엠마가 머쓱하게 웃자 여자는 엠마의 전신을 지긋이 바라보았다.

마치 값을 매기는 듯한 시선에 엠마는 거북함을 느꼈다.

"저기, 무슨 용무라도……?"

"아니야, 조금 신경 쓰이는 게 좀 있어서. 신경 안 써도 돼."

"아, 네……."

여자는 미묘한 표정을 짓는 엠마를 보면서 웃었다.

"큭큭, 귀엽네."

"귀, 귀엽다고요?! 그럴 리가……!"

부정하는 엠마는 양손을 저으며 얼굴을 새빨갛게 물들이고 있었다.

여자는 미소 지으면서 근처에 있는 오픈 카페테라스를 엄지로 가리켰다.

"시간 있으면 잠깐 얘기 좀 하고 가지 않을래? 나는 너한테 관심이 있어."

"저, 저 말인가요?"

엠마는 몰리에게 어떻게 해야 할지 시선으로 물었지만, 몰리는 딱히 대수롭지 않게 여겼다.

"괜찮지 않아? 저쪽이 먼저 권했으니 얻어먹을 수 있을지도 모르고.”

사줄 것 같다고 하는 몰리의 말을 듣고 엠마는 머리를 싸매고 싶어졌다.

“그런 말투는 실례잖아, 몰리⋯⋯.”

엠마는 부끄러워했지만, 정작 자기도 큰 프라모델이 든 봉투를 양손에 몇 개나 들고 있었다.

여자는 웃겨서 참을 수 없는 것 같았다.

“걱정 안 해도 내가 살 거야. 너희 먹고 싶은 걸로 시켜도 좋아.”

그 말을 듣고 두 사람은 서로의 얼굴을 마주 봤다.

엠마는 부끄러운 듯이, 몰리는 아주 기뻐하면서.

“감사합니다.”

“잘됐네, 엠마!”

◇

여자가 오픈 카페테라스에 두 사람을 데리고 자리에 앉자 주위의 시선이 모였다.

조합이 신기했을 것이다.

어른의 색기를 지닌 여성과 분위기에 어울리지 않는 여자아이 둘.

조금 이색적이지만 그것뿐, 주위 사람들은 이내 관심을 꺼버렸다.

자리에 앉은 엠마와 몰리는 음료를 주문했다. 주문한 음료가 나오자, 여자가 자신을 소개했다.

"난 사이렌이라고 해."

"사이렌 씨라고 부르면 될까요?"

"편하게 불러도 돼, 엠마."

편하게 이름으로 불린 엠마는 문득 부끄러워져서 음료를 빨대로 마셨다.

어른에게 놀림 받는 기분이 들었기 때문이다.

몰리를 보니 주문한 큰 파르페를 먹는 데 정신이 팔려있었다. 대화에 끼어들 것 같지 않아서 포기했다.

사이렌은 엠마에게 몸을 돌리고 흥미롭다는 듯이 바라봤다.

"번필드가의 기사지?"

"아, 네."

"지금은 여기에 임무를 수행하러 온 거야?"

"아뇨, 그건……."

군사 기밀과 관련되기 때문에 대답하지 못하고 있으니 사이렌이 사과했다.

"미안해. 부주의하게 주제넘은 질문을 해버렸네. 귀족님의 사설군이라고는 해도 훌륭한 군인이잖아."

사과를 받아서 엠마는 안도했다.

"죄송해요. 여기에 있는 이유는 말할 수 없어요."

"괜찮아. 내가 궁금한 건 너 자신인걸."

엠마는 자신을 가리키며 고개를 갸웃했다.

"저요?"

왜 눈앞에 있는 아름다운 어른 여성이 자신에게 흥미를 보이는 걸까?

갑자기 자넷 대위의 얼굴이 떠올랐다.

엠마는 갑자기 횡설수설했다.

"어, 그러니까, 저는 그, 동성에는 관심이 없달까……."

사이렌에게서 눈을 돌리고 어떻게 권유를 거절할지 생각했다.

하지만 사이렌은 쓴웃음을 짓고 있었다.

"안심해. 나도 이성을 좋아하는 타입이야. 그리고 개인적인 흥미는 그걸 가리키는 게 아니야."

"그럼요?"

사이렌은 엠마에게 미소 지었다.

"귀여운 여자아이가 기사를 목표로 삼은 이유가 궁금했어."

엠마는 자신이 기사라는 것을 간파당했다는 사실에 놀랐다.

"어떻게 제가 기사라는 것을 안 거죠?"

"그냥? 그리고 나도 이전에는 다른 가문에서 기사를 했었거든. 힘든 일이라는 걸 아니까 아무래도 궁금했어."

엠마는 사이렌이 원래 기사였다는 말을 듣고 납득했다.

"그렇군요. 그러면 지금은 어디에 소속돼있나요? 혹시 제국 직속 신하의 기사라던가?"

엠마의 추측에 사이렌은 웃음을 흘렸다.

"내가 그렇게 보여?"

"아, 네. 그야, 왠지 어른스럽고 여유가 있어서……."

엠마는 자신이 아는 강한 여기사들을 떠올렸다.

(직접 만난 사람 중에 사이렌 씨 같은 여기사는 클로디아 교관님밖에 모르는데. 그러고 보니 둘 다 어른스러운 여성이구나.)

엠마가 아는 최고의 기사는 교관이었던 클로디아다.

그런 그녀와 견줄 정도로 사이렌이 기사로서 눈부시게 보였다.

하지만 사이렌은 테이블에 시선을 떨궜다.

"고마워. 하지만 지금은 무소속이야. 자유로운 경호원 생활을 즐기고 있지."

"경호원이요?"

이 시대에는 이유가 있어 개인으로 활동하는 기사도 제법 있다. 그런 기사들은 자기 능력을 살려서 경호를 맡고는 했다.

"사이렌 씨는 왜 기사단에 들어가지 않으시나요?"

(나보다 강해 보이는데.)

기사로서 자기보다 격이 높다는 건 엠마도 왠지 모르게 알아차리고 있었다.

사이렌은 엠마를 보고 미소 지었다.

"비밀……로 할 만큼 대단한 이야기도 아닌가. 나는 이전 주군이랑 잘 안 맞아서 기사단을 그만뒀거든. 또 그런 사람이랑 일할 바에는 혼자 자유로운 생활을 하고 싶어."

"그, 그랬군요……."

엠마가 동경하는 건 기사단에서 활약하는 기사였기에 사이렌의 이야기를 들어도 그다지 와닿지 않았다.

사이렌이 몸을 약간 앞으로 내밀면서 물었다.

"그래서? 네가 기사를 목표로 삼은 이유는 뭘까?"

엠마는 사이렌의 관심이 기뻤지만, 선뜻 말하기에는 자기 꿈이 몹시 초라하게 느껴졌다.

"제 계기는 딱히 대단하지 않은 이야기에요."

그 이야기를 듣는 사람마다 엠마를 비웃었기에 그다지 말하고 싶지 않았다.

하지만 사이렌은 달랐다.

"자신의 꿈과 동경을 그런 식으로 말해선 안 돼. 난 비웃지 않으니까 얘기해주지 않을래?"

사이렌이 한 말은 어젯밤에 엠마가 래리에게 한 말이었다.

엠마는 그 말을 듣고 부끄러워했다.

"그, 그렇죠. 그, 사실은 저희 영주님을 동경하고 있어요."

"번필드가의 백작님 말이지?"

"네! 어릴 때는 그분이 그야말로 정의의 사도처럼 보였거든요. 그래서 저도 영주님 같은 정의의 기사를 목표로 삼고자 했어요."

엠마는 기쁘게 기사가 된 이유를 이야기했지만, 최근의 계속된 실패를 떠올리고 표정이 어두워졌다.

"하지만 전 실패만 해요. 꿈을 이야기해도 꿈에 다가갈 수 없어요. 아무리 노력해도 동경하는 사람처럼 될 수 있을 것 같은 느낌이 안 들어요."

낙담하는 엠마를 보고 사이렌은 다정하게 말했다.

"무슨 일이든 처음부터 잘 된다면 고생은 안 하겠지."

"네?"

"꿈을 위해 노력하는 건 훌륭한 일이야. 실패 같은 건 다 날려 버릴 수 있을 정도의 성과를 내. 그렇게 하면 넌 자신이 이상으로 삼고 있는 기사의 모습에 가까워질 수 있을 거야."

"그, 그치만……."

"정의의 기사, 좋잖아. 넌 너의 이상을 좇으면 되는 거야. 설령 비웃음을 사더라도 넌 목표로 해야지."

사이렌은 자기가 한 말에 놀란 듯 자신의 입에 손을 댔다. 그러나 곧 전과 똑같은 웃음을 지었다.

약간 멋쩍어하는 게 여유로웠던 모습과 갭이 있어서 귀엽게 보였다.

뜻밖의 반응에 엠마가 고개를 갸웃했다.

"왜 그러세요?"

"미안해. 할 일이 생각났어. 미안하지만 먼저 실례할게. 그리고 힘내, 정의의 기사님."

엠마는 재빨리 일어나 빠른 걸음으로 떠나가는 사이렌을 바라봤다.

몰리는 어느샌가 파르페를 다 먹었다.

"상담하길 잘했네, 엠마."

사이렌과의 이야기를 방해해서는 안 된다고 생각해서 몰리는 끼어들지 않은 모양이다.

친구인 엠마의 표정이 꽤나 밝아진 것을 기쁜 듯이 보고 있었다.

"──응."

"그건 그렇고 뭔가 멋진 느낌이 드는 사람이었지."

엠마와는 달리 사이렌은 어른스러운 매력이 넘치는 여성이었다.

엠마가 자기도 저렇게 되고 싶다고 생각하게 할 정도였다.

"좋지. 나도 저렇게 훌륭한 기사가 될 수 있을까?"

사이렌 같은 기사가 되고 싶다고 하자 몰리가 손가락으로 볼을 긁었다.

엠마에겐 어렵다고 생각했을 것이다.

"글쎄? 엠마는 귀여운 쪽이니까."

"귀여운 쪽?! 하지만 난 멋진 어른이 되고 싶어!"

"자기에게 맞는 게 있고 안 맞는 게 있다고 생각하는데~."

몰리는 멋진 어른이 되고 싶다는 엠마를 웃으며 봤다.

엠마는 떠나버린 사이렌을 시선으로 찾았지만 더는 모습이 보이지 않았다.

보이지 않게 된 사이렌에게 감사를 전하기 위해 가슴에 손을 대고 웃음을 지었다.

(고마워요, 사이렌 씨. 저, 더 힘내볼게요. 그리고 언젠가 당신 같은 기사가 될게요.)

엠마는 만난 지 얼마 안 된 선배 여기사에게 감사 인사를 했다.

여자와 헤어진 후, 엠마와 몰리는 쇼핑을 계속했다.

그 후에 레스토랑에 들어가 저녁을 먹게 되었다.

둘 다 세련된 레스토랑은 기가 죽는다고 해야 할까, 편하지 않다는 이야기가 나와 적당한 가격의 레스토랑에 들어갔다.

오래되고 좁은 레스토랑에 들어갔는데 청소가 잘 되어 있어 괜찮은 느낌의 가게였다.

어쩌면 부부가 운영하는 듯했다.

여자가 주방에서 요리하고 남자가 요리를 날랐다.

자리에 앉은 엠마와 몰리는 그런 두 사람을 보면서 이야기했다.

"대단하네. 거의 다 직접 만든 거야."

몰리도 손질한 식재를 볶고 있는 여자를 보고 감탄하는 엠마에게 동의했다.

"요즘엔 마지막에만 손을 거치는 가게도 많다는데. 하지만 난 역시 이런 가게가 더 좋을지도."

"아~, 맞아~."

고른 자리는 벽가에 있는 두 사람이 마주 보는 자리였다.

두 사람은 요즘에는 보기 드문 주방의 모습을 보면서 대화를 즐겁게 하고 있었다.

기동기사를 좋아한다는 공통점이 있어서 몰리와는 만났을 때부터 친했다.

하지만 엠마는 몰리에 대해 그다지 자세히 알지 못했다.

그건 몰리가 보육원 출신이라는 것도 영향을 끼쳤다.

시설에서 자라고 군에 온 몰리의 과거를 물어봐도 되는지 망설이고 있었다.

엠마가 몰리의 얼굴에 살짝 시선을 줬다.

평소 많이 웃고 즐거워 보이는 몰리가 대체 어떤 과거를 가지고 있는가?

신경 쓰이지만, 물어보지 못하고 있으니 엠마의 시선을 알아차린 몰리가 바라봤다.

"왜 그래?"

"그…… 아무것도 아니야."

과거를 물어봐야 하는지 고민했으나, 지금의 관계를 부수고 싶지 않아서 아무 말도 못 했다.

하지만 몰리는 엠마의 얼굴을 들여다보며 무슨 생각을 하는지 맞혔다.

"맞혀볼까? 내 과거를 알고 싶다던가, 그런 느낌이지?"

"어떻게 안 거야?!"

놀라는 엠마를 보고 몰리는 비밀을 밝혔다.

"어제는 그렇게 더그 씨랑 래리의 과거를 물어봤으니까 다음은 나에게 물어보지 않겠어?"

"그, 그렇지."

"그리고 엠마는 속마음이 얼굴에 드러나는 타입이니까. 무슨 생각을 하는지 다 알 수 있어."

"정말?"

스스로 생각하는 것보다 더 감정이 겉으로 드러난다는 걸 안 엠마는 갑자기 부끄러워지기 시작했다.

몰리는 얼굴을 빨갛게 물들인 엠마를 보고 킥킥 웃은 후에 살짝 슬픈 듯한 표정을 지으면서 담담하게 이야기하기 시작했다.

"내 이야기는 재미없는데, 그래도 알고 싶어?"

엠마는 잠깐 망설이다가 입술을 깨물며 고개를 끄덕였다.

몰리는 한번 웃더니 담담하게 이야기를 시작했다.

"──철이 들었을 때는 보육 시설에 있었어. 시설 사람도 내 부모님에 대해서는 아무것도 몰랐지."

"그렇, 구나."

엠마가 맞장구를 치자 몰리는 시선을 돌리면서 말했다.

"직원이 부모의 사정을 이야기하지 않는 건 정말로 모르거나, 아니면 이야기해주는 게 더 안 좋다고 판단했을 때야."

"그래?"

"응, 나 같은 경우에는 아마 후자가 아닐까? 시설을 나올 때 직원이 마지막까지 고민하는 얼굴이었거든."

몰리가 앞으로 살아가는데 부모의 신원은 모르는 편이 낫다고 판단을 내렸다.

그 사실이 따뜻한 가정에서 자란 엠마는 믿기지 않아 큰 충격을 받았다.

설마 친구가 그런 처지에 있었을 줄은.

몰리에게 해줄 말이 떠오르지 않았다.

하지만 몰리는 신경도 안 쓰는 눈치였다.

오히려 양손을 맞대고 기쁜 듯이 행동했다.

"아, 그래도 말이야! 난 운이 좋은 편이래. 얼마 전까지는 보육 시설도 없었다고 하니까. 내가 무사한 건 영주님 덕분인 거지."

"영주님이 하신 거야?"

"응! 대가 바뀌고 나서 개혁하시면서 생긴 거래. 그래서 난 더그 씨나 래리처럼 영주님이 싫진 않아. 딱히 관심도 없지만."

몰리가 깔깔 웃는 모습을 보고 엠마는 무릎 위로 손을 꽉 쥐었다.

더그처럼 영주를 원망하는 모습은 없었다. 애초에 강하게 의식할만한 존재가 아닐 것이다.

자신과는 접점이 없는 구름 위의 존재이기 때문에 아무런 감정도 품지 않은 듯했다.

엠마는 그게 조금 섭섭했다. 좀 더 영주님께 감사했으면 좋겠다는 마음이 있었기 때문이다.

하지만 몰리도 연명이 고작이었다는 것을 생각하면 그런 말을 할 수는 없다.

오히려 자신이 존경하는 영주님께 감사했으면 좋겠다고 강요하는 마음이 제멋대로인 듯이 느껴졌다.

"그렇구나. 싫지 않다면 나도 기뻐."

엠마의 입장에서는 정말 좋아하는 영주님을 친구가 싫어하지 않는다는 걸 안 것만으로도 수확이었다.

"기계를 만지는 게 좋아서 정비병이 됐지만, 역시 군대는 엄격하고 힘들어서 말이지. 하지만 난 지금의 생활이 그렇게 나쁘다고 생각하진 않아. 시설에 있던 때보다 쾌적해졌다고 생각할 정도니까."

헤실헤실 웃어 보이는 몰리의 웃는 얼굴을 보고 엠마는 깨달았다.

군에 있으면서도 규율을 가벼이 여기고 평소 실실 웃는 몰리가 단순히 쾌활하게만 행동하는 게 아니라는 걸 알았기 때문이다.

말은 안 하지만 시설에서 자라면서 힘든 일도 겪어왔을 것이다.

그런데도 주위 사람에게 쾌활하게 행동할 수 있는 몰리의 강한 모습에 놀랐다.

"그렇게 힘든 과거가 있을 줄은 몰랐어."

"음~, 다른 사람이랑 비교한 적이 없어서 힘들다고는 생각하지 않는데. 그리고 난 기동기사를 정비할 수 있으면 된단 말이지. ──어이쿠, 요리가 왔네. 엠마, 이 집도 사줄 테니까 많이 먹어!"

요리가 나온 타이밍에 몰리의 과거 이야기도 끝났다.

이 이상 깊이 파고들면 여러 어둠이 보일 것 같았다.

그런 이야기를 듣지 않아도 괜찮은가? 이렇게 생각함과 동시에 그렇게까지 깊이 파고들어도 괜찮을까? 라는 망설임에 엠마는 고통받았다.

어색한 웃음을 짓고 엠마는 몰리에게 고맙다고 했다.

"──그렇네. 고마워, 몰리."

"별말씀을."

알그란드 제국 수도성.

제국의 중추인 수도성은 밤—— 행성 전체가 밤을 맞이하고 있었다.

원래는 어두운 시간대지만 수도성의 도시는 인구가 밀집된 거대 도시인 만큼, 도로도 하늘도 이동수단의 라이트로 불빛이 흐르는 것처럼 보였고, 고층 빌딩이 늘어서 있어서 창문에서 빛이 새어 나왔다.

밤인데도 작은 빛이 하나하나 모여 도시를 밝게 비추고 있었다.

그런 빌딩 중 한 곳에 있는 고층의 바에서 한 인물이 카운터석에 앉아 술이 든 잔을 바라보고 있었다.

잔을 흔들자 술의 색이 빨간색에서 파란색으로 변했다.

흔들면 액체가 몇 번이고 변화해 나갔다.

그 변화를 바라보던 인물은 청년이었다.

아직 젊어서 완전히 어른이 되지 못했다는 인상을 주는 풍모를 지니고 있었다.

하지만 본인은 외모와는 상관없이 당당했다.

고급스러운 느낌이 감도는 바에서 조금도 주눅 드는 기색 없이 앉아있었다.

그는 특별했다.

카운터 안쪽에 있는 점원이 그만을 위해 대기하고 있었다.

손님은 그 한 사람뿐. 오히려 그만을 위해 가게가 열려있다고 해도 과언이 아니었다.

다른 손님이 바에 오려고 하면 입구에서 대기하고 있는 무장한 호위들이 정중하게 돌아가도록 권했다.

그 외에도 청년을 위해 시중을 드는 점원이 몇 명이나 대기하고 있었다.

청년의 움직임을 주시하고 있었고 명령이 없어도 당장이라도 움직일 수 있도록 하고 있었다.

가게 안에는 음악이 흐르고 있었지만, 청년이 가지고 있는 단말기에 연락이 오자 점원에 의해 음악이 멈추고 정적이 찾아왔다.

청년이 잔을 두고 단말기를 조작하자 눈앞에 스크린이 투영됐다.

"이런 시간에 너한테서 연락이 올 줄은 몰랐어."

「한창 편하게 쉬시는데 죄송합니다. 다만, 당장 판단을 청해야 한다고 판단했습니다.」

"됐으니까 말해."

청년은 잔을 손에 들어 눈앞에 들어 올리고 투영된 영상을 보면서 이야기를 들었다.

「제3병기공장에서 특수기 개발을 중지하고 싶다는 제안이 나왔습니다.」

보고 내용을 다 듣자 작게 한숨을 쉬었다.

"제3은 손을 뗄 셈인가?"

「네. 특수기 개발은 채산이 맞지 않아 계획 중지도 고려하고 있다는 보고가 군에서 들어왔습니다. 제3병기공장은 사죄의 의미를 담아 내년도 구매 예정인 병기들의 대폭적인 할인을 제안했습니다.」

영상에 비치는 사람은 빨간 눈동자가 특징적인 무표정한 여성이었다.

길고 윤기 있는 머리카락을 포니테일로 묶고 메이드 복장을 한 여성은 청년 앞에서 담담하게 이야기했다.

"포기가 빠르네."

「제3병기공장 내부의 파벌 싸움이 원인이 아닌가, 하고 유리시아 님이 예상하셨습니다.」

"이 몸을 이용해서 파벌 싸움인가?"

청년은 자신을 이용해 파벌 싸움을 하는 제3병기공장에 화가 나는지 미간을 약간 찌푸렸다.

하지만 금방 미소 지었다.

"잘된 일이야. 내가 손해 보는 게 아니면 문제없어."

제3병기공장도 청년에게 사죄하는 마음을 가지고 있어서 거래 예정인 함정과 기동기사 일부를 무료로 제공하겠다고 제의했다.

이로써 내년도 예산에 큰 여유가 생길 것이다.

특수기 개발 계획은 중지됐지만, 그 이상의 이익을 얻는 형태가 된다.

제3이 청년을 가볍게 여기지 않는다는 증거이기도 하다.

영상 속의 여자가 확인했다.

「그럼 계획은 이대로 동결하시겠습니까?」

"그러면 재미없지."

아탈란테 개발 계획은 중지하는 게 타당했다.

하지만 청년은 잔 안에 있는 술을 다 마셔버리고 카운터에 두고는 명령했다.

"그 특수기는 제7에서 테스트 중이었지?"

「네.」

"——니아스를 불러내라."

◇

소행성 네이아에 있는 기동기사 개발용 시설.

행거에 고정된 머리와 몸통만 남은 아탈란테가 암에 고정되어 있었다.

그런 아탈란테 앞에서는 격렬한 말싸움이 벌어지고 있었다.

말싸움을 하는 사람은 흥분해서 얼굴을 빨갛게 물들인 파시였다.

이 자리에 몰려온 집단에 언성을 높였다.

"왜 제7이랑 공동으로 아탈란테 개수를 해야 하는데! 이 아이의 동력로는 제3의 기밀 중의 기밀이야!"

상층부로부터 전달받은 결정은 개발 중지가 아니라 조건부 계속이었다.

그 결정을 듣고 파시와 개발팀은 크게 기뻐했지만, 조건을 제시받자 머리를 싸매게 되었다.

하나는 결과를 낼 것.

이는 당연한 요구이며 파시 일행도 수긍하는 바였다.

다음은 병기로서의 완성을 목표로 할 것.

특수기라고는 해도 파일럿을 너무 가리는 것은 문제다. 최소한 숙련된 파일럿이라면 누구든 조종할 수 있는 수준으로 만들기 위해 데이터를 수집하라는 명령을 받았다.

파시 일행은 이 조건도 받아들였다.

그 외에도 여러 조건이 있었지만, 파시가 유일하게 납득하지 못한 것이 「제7병기공장과의 합동 개발」이라는 조건이었다.

흥분한 파시와는 반대로 의욕이 없는 니아스가 태블릿 단말기로 아탈란테의 데이터를 확인하고 있었다.

막대가 달린 사탕을 입에 물고 약간 화를 내는 건지 미간을 찌푸리고 있었다.

그렇다. 아탈란테 개수에 동원된 사람은 니아스 칼린 기술 소령이었다.

흥분한 파시에게 어이없다는 말투로 대꾸했다.

"나도 한가하지 않아. 그 사람의 명령이 아니었으면 귀중한 레어메탈을 쓰면서까지 결함기 개수 의뢰를 받지 않았을 거야."

제7병기공장의 매드 지니어스라 불리며 마음대로 행동하는 니아스도 거역할 수 없는 사람이 있는 모양이다.

니아스를 보좌하기 위해 파견된 마그가 두 사람의 말싸움을 듣고 어깨를 으쓱였다.

그리고 시선을 아탈란테로 돌렸다.

"상층부에서 결정된 일이면 우리가 이러쿵저러쿵 떠들어도 의미가 없지 않나. 명령이 내려왔으면 빨리 일에 착수하자고."

드워프인 마그가 파시를 타이르자 파시는 복잡한 표정을 지었다.

머리로는 이해하고 있겠지만 마음은 별개일 것이다.

전력으로 외쳤다.

"납득할 수 없어! 우리가 얼마나 이 아이—— 아탈란테 개발에 심혈을 기울여 왔는지 알아? 왜 상층부는 항상 귀찮은 짓만 하는 거야!"

니아스는 상층부에 대해 불평해대는 파시의 상대를 포기했다. 그녀는 데이터에 시선을 돌리고 어떻게 개수할지 고민했다.

즉, 파시를 무시한 것이다.

파시는 니아스의 태도에 참지 못하고 직접 시비를 걸었다.

"날 무시하지 마!"

니아스 대신 대화 상대가 된 마그는 파시를 달래면서도 대화를 이어갔다.

"알았다. 알았다고. 우선은 기본 프레임을 교체하는 게 어떤가? 네반 타입은 유행을 받아들여서 날씬하지만 견고함이 부족해. 더

육중해지도록 두껍게 하는 게 좋을 것 같은데."

파시는 기본 프레임부터 변경하겠다는 말을 꺼내는 마그에게 네반 타입을 부정당했다는 기분이 들었다.

애초에 기본 프레임을 변경하면 그건 더 이상 네반이 아니다.

"웃기지 마라, 이 드워프가아아아!!"

개발실에 파시의 절규가 울려 퍼지는 가운데, 니아스는 말없이 데이터를 확인하고 있었다.

주위의 소란 따위는 잡음도 안 되는지 태연했다.

그때 흥미로운 데이터를 발견했다.

니아스는 상당한 속도로 데이터를 스크롤하면서 확인하다 한 곳에 멈추고는 뚫어지게 데이터를 바라봤다.

(──꽤나 재밌는 데이터잖아.)

그건 아탈란테에 탑승한 파일럿의 데이터였다.

엠마의 데이터를 자세히 조사한 니아스는 어떤 가능성을 깨달았다.

(이러면 어떻게 개수할지 방향성은 대충 나오지. 이건 생각보다 더 재밌는 작업이 될 것 같아)

이번 일에 흥미를 느낀 니아스는 흥분해서 입에 물고 있던 사탕을 씹어서 부수기 시작했다.

항모 메레아는 개수를 받고 있었는데 아무래도 끝이 보이기 시작한 듯했다.

외관은 이미 문제가 없었다.

프레임 자체는 변경하지 않았기 때문에 외관은 크게 변하지 않았다.

그래도 장갑판을 새로 교체해서 제법 새것 같은 느낌이 났다.

내부 구조도 상당히 손을 보고 있는지 작업원과 기계 팔이 내부에서 무언가 공사를 하고 있었다.

도크 안에 있는 건물에서 개수하는 모습을 보고 있는 제3소대의 면면들은 새로운 메레아에 대해 이런저런 이야기를 하고 있었다.

엠마는 유리창에 데이터를 표시하고 그 내용에 놀라고 있었다.

"이거, 최신 함정이랑 비교해도 전혀 뒤지지 않는 성능이에요. 일부 성능은 오히려 크게 웃돌고 있어요."

현재 제국에서 주류인 함정과 데이터를 비교하면 개수를 받은 메레아가 더 뛰어난 부분이 많았다.

성능 향상에 감탄하는 엠마에 비해 래리는 빈정거리며 대답했다.

"오랫동안 방치했었다는 증거잖아. 오히려 퇴역시키지 않는 게 신기할 정도라고. 우리한테는 새로운 함정을 마련해줄 가치가 없다고 말하는 것 같은 느낌밖에 안 드는데. 그보다 이렇게까지 메레아를 계속 쓰는 의미가 있을까?"

새로운 함정을 구입하기보다는 개수해서 싸게 해결하려는 게 아닌가?

그런 식으로 느낀 듯했다.

그런 사정을 신경 쓰지 않는 몰리는 순수하게 메레아가 개수되어 깨끗해진 것을 기뻐했다.

"생활환경이 개선된다는 건 좋은 일이지. 전에는 식당도 더러웠고, 여러 시설이 후줄근했으니까. 난 대환영이야."

생활환경이 개선되는 것만으로도 크루에게는 고마운 일이다.

다만 더그는 개수된 메레아에 불만을 품고 있는 것 같았다.

팔짱을 끼고 불만스러운 얼굴로 메레아를 보고 있었다.

"성능 같은 걸 실제로 써보기 전까지 믿을 수 있겠냐고. 그리고 문제는 기동기사 적재수가 이전의 절반까지 줄어들었다는 거다."

경항모—— 기동기사를 운용하기 위한 모함이기 때문에 원래라면 적재수가 줄어든다는 건 문제다.

오히려 경항모의 역할에서 멀어진 개수를 받았다.

엠마가 줄어든 이유를 말했다.

"아탈란테 개발 계획이 계속되니까요. 예정대로 계획을 위한 설비를 실었더니 적재수가 줄어든 것 같아요. 그리고 기술함 시험 운용 테스트를 한다나 뭐라나?"

더그는 테스트라는 말을 듣고 불쾌해했다.

"우리의 메레아를 시험용 장난감 취급하는 건가?"

"그렇게까지 말하진 않았거든요!"

"예이예이."

엠마의 이야기에 몰리가 끼어들었다.

자기와도 관련이 있는 화제라서 가만히 있을 수 없을 것이다.

"아탈란테는 네반을 베이스로 했어도 엄연한 특수기니까, 기존의 메레아가 가진 설비로는 정비조차 어려웠는데 잘됐어. 더구나 애초에 우리 기동기사 부대는 원래부터 수가 적었으니까 최대 적재가 좀 줄어도 사실 별 차이 없잖아."

본래 메레아에는 4개 중대 규모를 적재할 수 있었지만, 현실은 2개 중대밖에 배치되어 있지 않았다.

제1부터 제9까지 9개의 소대가 메레아의 총 전력이다. 결과적으로 전력은 변하지 않았다.

하지만 래리도 더그와 마찬가지로 불만인 듯했다.

"그래도 항모로서의 메레아의 가치는 떨어졌어. 이제 윗선은 메레아에 기대하지 않는다는 거지. 나 참, 상층부의 입맛에 맞추기도 쉽지 않군. 언제는 계획을 중지한다더니, 갑자기 계속하겠다고 하고."

굳이 새로운 함정을 쓸 거 없이, 퇴역이 가까운 퇴물을 쓰면 된다는 말을 들은 기분일 것이다.

몰리는 메레아 이외의 변경 치안 유지 부대의 함정을 바라봤다. 이것들은 개수 불가능 판정을 받아 해체되고 있었다.

"호위함은 전부 교체한다고 들었는데, 그건 제3이 마련해준대. 제7의 함정은 메레아만 남게 되겠네."

래리는 머리 뒤로 깍지를 꼈다.

"하는 김에 기동기사도 새로 주면 안 되나? 네반 정도면 기사용 커스텀이 없어도 모헤이브보다는 강할 거 아냐."

래리는 네반을 희망했지만 더그는 의견이 다른 모양이었다.

"네반은 기사 취향이 너무 세잖아. 난 좀 더 평범한 양산기가 좋아. 중요한 건 튼튼하고 안정적으로 쓸 수 있어야지. 날씬한 기동기사는 영 믿음이 가질 않는다고."

"네반이 어때서? 양산기로서 쌓은 실적이 있으니까 믿을 만하잖아. 중요한 건 외관이 아니라 내실이지."

"그러니까 외관을 중시한 네반보다 믿음직한 기동기사를 타야지."

더그와 래리가 기동기사에 관해 논쟁을 시작하자 서로 점점 과열되기 시작했다.

목소리도 서서히 커졌고, 서로의 의견을 주장하며 물러날 생각은 없는 것 같았다.

두 사람이 이야기에 열중하고 있어서 몰리는 엠마에게 말을 걸었다.

화제는 물론——.

"엠마도 잘됐네. 아탈란테 개발이 계속되면 앞으로도 탈 수 있어."

"응!"

기쁜 듯이 고개를 끄덕이는 엠마는 개발 계획이 속행되어 기뻐하고 있었다.

처음 그 소식을 들었을 때는 기뻐서 눈물이 나왔을 정도다.

어떠한 이유로 상층부가 계획 속행을 정했는지는 모른다. 하지만 엠마는 아무래도 좋았다.

"내가 아탈란테를 반드시 완성하는 거야."

지금 엠마에게 중요한 것은 눈앞에 있는 아탈란테를 완성하는 것 하나뿐이었다.

◇

피트 용병단의 전함 안.

검은 우주복을 입은 용병단의 면면들 앞에 사이렌이 서 있었다.

검은 머리카락에 빨간 눈동자의 그녀는 죽 늘어앉아 있는 부하들을 바라봤다.

"준비됐어?"

물어보자 부하들은 웃음을 보이며 고개를 끄덕였다.

"문제없습니다. 그보다 단장님은 언제까지 그 모습으로 있을 생각입니까?"

부하들에게 그 말을 들은 사이렌—— 시레나는 요염한 웃음을 띠었다.

오른손으로 얼굴을 가리듯이 만지자 손가락 사이로 엿보이던 눈동자의 색이 변해 탁한 녹색이 되었다.

머리카락도 뿌리부터 색이 변하여 아름다운 은백색이 되었다.

사이렌이라 자칭했던 여성의 정체는 시레나였고, 용병단의 이름은 피트가 아니라 달리아 용병단이었다.

원래 모습으로 돌아온 시레나는 의뢰 내용을 부하들에게 다시 들려줬다.

"이번 의뢰의 목적은 목표 기동기사의 노획이나 파괴. 추가로 파일럿을 붙잡거나 죽이면 보너스가 나오니까 알아둬. 대신 작전을 실행하면 앞으로 제7에는 못 오게 될 거야. 물론 그 점을 고려해도 이번 의뢰의 보수는 매력적이야. 그리고 클라이언트의 추가 의뢰가 있어."

시레나는 부하들에게 추가 내용을 전달했다.

"클라이언트는 제7병기공장에 파괴 공작을 하길 원해."

부하들이 헬멧 아래로 웃었다. 의뢰주를 알고 있어서 사정이 짐작되었기 때문이다.

"라이벌의 발목을 잡고 싶은 건가?"

"최근 돈을 벌고 있으니까 못을 박아두고 싶은 거지."

"수도성의 병기공장은 방식이 더럽네."

시레나는 부하들의 잡담을 손을 들어 멈추고 자기도 헬멧을 썼다.

"달리아 용병단의 주력을 투입하는 이상 성과를 내야겠지. 작전이 시작되면 예정대로 밖에 있는 본대도 움직인다. 철수 타이밍에 주의해."

부하들의 표정이 진지하게 바뀌었고 그중 한 명이 물었다.

"단장님은 어떻게 합니까?"

"나는 단독행동을 할 거야. 개인적인 용무가 있거든. 하는 김에 파일럿을 제거할 수 있으면 더 좋고."

파일럿을 제거하면 의뢰주에게 보너스가 나온다.

하지만 그것만이 파일럿을 노리는 이유가 아니다.

(의뢰를 한 남자는 리버라고 이름을 댔는데, 그 파일럿에게 개인적인 원한이라도 있는 걸까? 어디에나 있을 법한 여자애였는데.)

시레나는 엠마를 떠올렸지만, 조금도 위협을 느끼지 않았다.

오로지 기사직에 전념하는 경험이 부족하고 세상 물정 모르는 여자아이라는 인상이었다.

굳이 직접 만나보기까지 했지만, 위협이 될 것 같진 않았다.

하지만 시레나에게는 공연히 성가셨다.

(정말 태평한 아이야. 그런 타입은 엄청 싫어. 세상은 아름답고 기사라는 존재를 동경해서 정의를 내세우지. 보기만 해도 짜증이 나.)

시레나 속의 어둠이 아무것도 모르고 정의의 기사를 목표로 하는 엠마를 용납하지 못했다.

동시에 접촉했을 때 자기답지 않게 조언한 것을 떠올렸다.

접근하기 위해서 듣기 좋은 말을 골랐을 뿐이지만, 그게 묘하게 시레나의 마음을 어지럽혔다.

딱 한순간, 시레나는 화가 치민다는 듯이 미간을 찌푸렸다.

(——그 정도 대화에 현혹되다니.)

왜인지 과거의 자신과 엠마가 겹쳐 보인 듯한 느낌이 들었다.

시레나는 그게 용서가 안 됐다.

아무것도 모르는 계집애에게 현실을 보여주고 싶다고 자신의 마음이 호소했다.

(아무것도 모르는 정의의 기사는 내가 직접 가지고 놀다가 죽여줄게.)

헬멧 속 시레나의 탁한 녹색 눈동자가 더욱 짙고 어둡게 물들어갔다.

◇

메레아의 상태를 다 확인한 제3소대의 면면들은 차를 타고 숙박 시설로 돌아가는 도중이었다.

"메레아 개수가 곧 끝나니 짐을 들여놓을 준비를 해야겠네요."

엠마가 던진 화제에 반응하는 사람은 뜻밖에도 더그였다.

"그렇다면 술이랑 안주를 대량으로 사들여야겠네. 좀 바빠질 것 같군."

더그가 갑자기 술과 안주를 사들인다는 이야기를 하자 몰리는 기막혀했다.

"더그 씨, 또 업자처럼 술이랑 먹을 걸 사들일 생각이야?"

엠마는 몰리의 이야기를 듣고 놀랐다.

"그런 짓을 하고 있어요?! 약간이면 모를까, 대량으로 사들이면 안 돼요! 필요하면 함내의 PX에서 사세요."

우주전함은 제한된 공간이기에 개인의 소유물을 대량으로 반입하면 민폐가 된다. 심지어 그게 전부 기호품이라면 더더욱.

하지만 더그는 물러설 생각이 없는지 엠마의 아픈 곳을 찔렀다.

"그러는 아가씨도 프라모델을 세 개나 샀다면서? 개인실이 있다고 짐을 마구 늘리는 건 어떨까 싶은데."

"그, 그건……."

엠마가 누설한 범인을 바라보자, 몰리는 태연하게 대꾸했다.

"아, 저번에 프리미엄 프라모델을 산 이야기를 전부 해버렸어. 여자애가 그래도 되는 거냐면서 더그 씨가 조금 걱정하더라."

더그가 엠마를 걱정하는 얼굴로 봤다.

"내가 말하는 것도 이상하지만, 좀 더 다른 것에도 관심을 가지는 편이 좋지 않겠나."

"쓸데없는 참견이거든요! 애초에 프라모델을 좋아하는 게 뭐가 나쁜데요!!"

엠마가 큰 목소리를 낸 순간이었다.

소행성 네이아의 콜로니 안에서 큰 폭발이 일어났다.

엠마 일행 시점에서 봤을 때 천장에서 일어난 폭발에 운전하던 래리가 황급히 차를 세웠다.

"뭐지?!"

네 사람이 당황해서 주위를 보자 콜로니 안에 경보가 울려 퍼졌다.

「거주 구역에 있는 분은 당장 정해진 피난 장소로 가십시오. 침착하게 당황하지 않고 행동하도록 유의합시다. 반복합니다――.」

피난을 유도하는 표시가 공중 곳곳에 투영되어 있었다.

더그는 밖으로 나와 지면에서 전해지는 진동에 눈을 크게 떴다.

"폭발 사고인가? 아니, 이 격렬한 흔들림은…… 설마 습격인가?"

더그가 단순한 사고가 아니라고 판단하자 엠마의 단말기에 통신이 들어왔다.

번필드가 관계자는 즉시 함정으로 돌아오라는 내용이었다.

몰리도 단말기로 확인했지만 메레아는 개수 작업 중이다.

"돌아오라니, 아직 개수 도중이잖아? ……어쩌지?"

래리는 차를 몰려고 했다.

"그러면 다른 아군 전함에라도 타야지! 빨리 도망치지 않으면 말려들어서 죽어."

사고인지 습격인지 모르겠지만 목적이 제7병기공장이라면 자기들은 상관없다는 게 래리의 판단일 것이다.

말려드는 건 사절이라며 서둘러 도망치려고 했다.

하지만 엠마는 안 좋은 예감에 사로잡혔다.

"! 더그 씨, 차에 타요! 래리 씨, 이대로 달려요!"

"어, 어어?"

"갑자기 무슨…… 아니?!"

더그가 당황해서 차에 타자 문이 다 닫히기 전에 뭔가를 알아차린 래리가 차를 몰았다.

차는 땅을 달리고 있었지만 약간 떠오르더니 타이어가 수납되고 하늘을 날았다.

공육양용 차다.

더그와 몰리가 뒤를 보니 다리가 없는 둥근 소형 기동기사가 이쪽으로 육박해오고 있었다.

"어느 멍청이가 콜로니 안에서 기동기사를 끌고 나온 거야! 몰리, 저 기체는 어디 거야?"

"내가 알 리가 없잖아! 양산형 소형기를 개조한 것처럼 보이는데. ……잠깐? 저 녀석들, 저번에 엠마를 습격했던 애들 아니야?!"

두 사람의 이야기를 듣고 있던 래리가 황당하다는 듯 소리쳤다.

"보면 뻔하잖아! 지금 알아차린 거냐?!"

래리는 쫓아오는 상대 기동기사에 비해 소형이라는 점을 이용해서 민첩함을 살려 도망치려고 했다.

그 판단과 실력으로 인해 기동기사는 생각대로 거리를 좁히지 못했다.

엠마는 그런 래리를 보면서 생각했다.

(래리 씨, 역시 우수한 파일럿이구나. 아니지, 지금은 그럴 때가 아니야. 저 적이 아탈란테를 공격한 녀석들이라면……!)

엠마는 그들의 목적을 생각했다.

테스트 중에 아탈란테를 공격한 녀석들이라면, 노리는 것은 하나일 것이다.

(설마 아탈란테를 노리는 건가? 그렇다면 당장 막아야 해!)

조수석에 앉아있는 엠마는 래리에게 목적지를 지시했다.

"래리 씨, 목적지를 변경합니다. 이대로 아탈란테가 있는 시설까지 날아가 주세요."

그 말을 들은 래리는 난처해했다.

"뭐?! 왜?! 완성되지도 않은 기동기사 따위를 신경 쓸 때가 아니야!"

래리는 반대했지만 엠마는 습격한 상대의 의도가 신경 쓰였다.

"부탁할게요!"

"아, 젠장! 왜 이런 때만……!"

래리가 불평하면서 목적지를 변경했다.

하지만 쫓아오던 기동기사의 인내심이 바닥났는지 차폐물을 무시하고 서브머신건을 쏴대기 시작했다.

곧장 주위의 건물이 총알 세례로 차례차례 부서졌다.

탄환이 엠마 일행이 탄 차 옆을 지나가 차 안이 심하게 흔들렸다.

엠마는 래리를 재촉했다.

"빨리요!"

"가고 있어!"

래리는 그대로 세세한 움직임을 살려 건물 사이를 누비듯이 차를 몰아 적기로부터 도망쳤다.

차를 일부러 놓아준 시레나는 기동기사의 콕핏 해치를 열었다.

콕핏에 같이 타고 있던 부하가 시레나에게 말을 걸었다.

"저들을 정말 거기로 보내도 괜찮은 겁니까?"

뛰어내릴 준비를 하는 시레나는 발돋움을 하고 있었다.

"괜찮아. 이제 저 아이들이 목표까지 안내해줄 거야. 그럼 뒷일은 잘 부탁할게."

"알겠습니다."

시레나는 그대로 기동기사에서 뛰어내렸다.

부유 중인 기동기사에서 빌딩 옥상까지 30m 이상 거리가 있었지만, 아무렇지 않게 착지했다.

이내 곧 콕핏 해치가 닫히고 기동기사── 버클러가 자리를 떠났다.

파일럿 슈트 겸 파워드 슈트의 스텔스 모드를 켜자 시레나의 모습이 주위에 녹아드는 듯이 사라졌다.

"그럼 길 안내 잘 부탁해."

시레나는 그대로 달려서 엠마 일행이 탄 차를 쫓아갔다.

빌딩 옥상에서 옥상으로 뛰고, 때로는 지상에 내려와 도로를 달렸다.

시레나가 달리는 속도는 도로를 달리는 일반 차량을 간단히 제칠 정도였다.

　머지않아 엠마 일행이 탄 차가 큰 해치로 들어가는 게 보였다.

　"저긴가."

　해치가 완전히 닫히기 전에 시레나는 뛰어들어 침입에 성공했다.

　"추가 보수를 기대해도 되겠는데."

　시레나가 헬멧 안에서 요사스러운 웃음을 띠었다.

"습격자의 정체는 밝혀냈나?"

번필드가의 전함.

함교에서 지휘하는 클라우스는 무슨 일이 일어나고 있는지 자세한 정보를 요구했다.

그러나 오퍼레이터에게도 자세한 정보는 없었다.

"아직 불명입니다! 제7병기공장의 방위 부대도 혼란스러워하고 있습니다. 하지만 침입이 발생한 건 사실인 것 같습니다."

제7병기공장의 방위 부대도 자세한 정보를 몰랐다.

알고 있는 것은 내부에 침입을 허용했다는 사실뿐이다.

클라우스는 턱에 손을 대고 냉정하게 생각했다.

(반쯤 민영화 됐다고는 해도 제국이 보유한 병기공장을 건드리는 건 몹시 위험한 일이다. 자칫하면 제국 전체를 적으로 돌리게 되니까. 아무리 어리석은 우주 해적이라도 그런 바보 같은 짓은 하지 않는다. 하지만 알고도 저지른 일이라면, 적은 그만큼 만반의 준비를 하고 왔을 것이다. 성가시게 됐군.)

소행성 네이아의 방위 부대는 만 척이 넘는 함대가 있다.

제국의 군사력을 지탱하는 병기공장에 싸움을 걸면 그냥 넘어가지 않는다.

그것은 성간 국가── 알그란드 제국을 적으로 돌리는 행위다.

대규모 함대를 보유한 우주 해적들조차 병기공장은 피하는 게 현실이다.

"——내부에서 전투가 벌어지고 있다는 게 사실인가?"

"네. 그건 확인이 끝났습니다."

클라우스는 고개를 끄덕이고는 차례차례 확인했다.

"방위 부대는 어떻게 하고 있지?"

"즉시 대응에 나섰지만, 고전하고 있습니다. 적과 달리 무분별하게 사격할 수 없다 보니……."

애초에 제7병기공장의 수비 부대는 꾸준히 훈련했지만, 실전 경험이 부족한 탓에 대응 능력이 떨어졌다.

더구나 이곳은 그들의 생활 장소. 모조리 무차별하게 파괴할 수는 없는 노릇이었다.

결국 그들은 불리한 싸움을 할 수밖에 없었다.

(병기공장을 건드리는 녀석이 아무리 없었다지만. 공격당하고 얼마 지나지 않았는데, 이렇게 경계가 허술한가?)

방위 부대의 병사들도 긴장이 풀려있겠지만, 그래도 클라우스는 지금 상황이 믿기지 않았다.

아탈란테가 테스트 중에 습격을 당한 일도 있어서 오히려 경계를 강화했을 것이다.

"내 지휘하에 있는 육전 부대를 콜로니 안에 투입해라. 기사도 절반을 투입해라. 남은 절반은 기동기사 출격 준비를 서둘러줘라."

클라우스가 명령을 내리자 오퍼레이터가 놀랐다.

"저희가 간섭해도 괜찮을까요?"

아무리 구조를 위해서라고는 해도 제7병기공장이 보기에는 무장한 병사가 투입되는 것이다.

좋은 느낌이 안 들 테고 현장이 혼란스러워진다.

그걸 이해하고 클라우스는 전력 투입을 결정했다.

"좋은 기분은 안 들겠지. 제7에는 육전대를 파견한다고 알려둬라. 그리고 모든 책임은 내가 진다."

명색뿐이라고는 해도 함대의 기사장이 된 클라우스에게는 그만한 권한이 주어져 있었다.

하지만 역시 중령 계급은 움직일 수 있는 전력에 한계가 있다.

이 때문에 지휘 하에 있는 부하만 콜로니 안으로 투입하기로 정했다.

다른 부대를 설득할 시간이 아깝다고 판단한 결과다.

"아, 네!"

그리고 클라우스는 지휘하에 있는 인물 중에서 최강을 불러냈다.

"그리고 첸시를 불러내라."

◇

아탈란테 개수가 진행되는 시설에 엠마 일행이 뛰어 들어왔다.

작업 중이던 니아스가 그런 엠마 일행의 등장에 성가시다는 듯이 얼굴을 찡그렸다.

"좀 더 조용히 해주지 않을래?"

니아스는 경보가 울리는 와중에도 아탈란테 개수 작업을 하고 있었다.

그 모습에 더그는 굳은 표정을 지었다.

"어딜 가든 미친 녀석이 있는 법이구나. 이 상황에 일을 우선하는 건 보통 있을 수 없다고."

하지만 그 덕분에 아탈란테 개수는 겉보기에 얼추 끝나있었다.

몰리가 유리 너머에 있는 아탈란테를 가리켰다.

"저거 봐, 벌써 거의 다 끝난 것 같아! 이러면 어떻게든 될지도."

개수된 아탈란테는 제3병기공장에서 관절 부분을 강화받기 전의 모습으로 돌아가 있었다.

큰 변화는 보이지 않았고, 오히려 개수 전으로 돌아가 있었다.

아탈란테 주변에는 파시와 마그의 모습도 보였는데 다른 스태프를 포함해서 모두가 작업하는 손을 멈추지 않았다.

엠마는 니아스에게 바짝 다가가 초조해하면서도 상황을 설명했다.

"적이 내부에까지 들어와 있어요! 그러니 빨리 피난해주세요."

엠마는 도망치라고 재촉했지만, 니아스는 한숨을 쉬었다.

니아스는 엠마와 시선을 맞추지 않았다.

엠마의 어깨—— 뒤쪽을 보면서 귀찮아했다.

"참 제멋대로 말하네. 그쪽의 지시에 따를 이유는 없어. 그리고 적을 데려온 건 너희잖아."

"——네?"

니아스가 시선을 향한 그 끝—— 엠마가 뒤돌아보니 풍경이 약간 일그러져 보였다.

스텔스 모드를 껐는지 차차 모습이 선명해졌다.

거기에는 파일럿 슈트를 입은 여자가 서 있는 게 아닌가.

엠마는 물론이고 더그도, 래리도, 그리고 몰리도 놀라서 황급히 홱 물러섰다.

여태껏 미행당하고 있다는 건 못 알아챘다.

여자는 니아스 쪽을 보고 약간 놀라며 감탄한 목소리를 냈다.

"천재님은 배짱도 있는 것 같네. 거기 있는 애랑은 아주 달라."

갑자기 나타난 여자를 보고 엠마는 식은땀을 흘리면서도 무기를 손에 쥐었다.

오른손에 권총을 쥐고 왼손에는 레이저 블레이드의 칼자루를 잡고 앞으로 나와 모두를 감쌌다.

"모두 물러서!"

앞으로 튀어나온 엠마를 본 여자는 스모크가 들어간 바이저 너머에서 아주 불쾌한 표정을 지은 것처럼 보였다.

실제로 엠마에게 향하는 목소리는 분노를 품고 있었다.

"실력도 없는데 기사로서 행동한다—— 좋아, 놀아줄게."

엠마는 무기를 들지 않고 다가온 여자에게 발포했다.

권총은 광학병기—— 레이저 총이며 빛이 발사되었지만, 여자는 총구를 보고 착탄 장소를 예측해 피했다.

뒤에서 니아스가 관심 없다는 듯이 '장치가 부서지니까 다른 곳에서 해줬으면 좋겠다'고 말했지만 상관할 시간은 없다.

엠마가 블레이드의 날을 꺼내 베려고 달려들었지만, 여자는 엠마의 팔을 붙잡더니 비틀었다.

"윽?!"

"약하네. 이 정도로 기사라 할 수 있다니, 번필드가도 별 볼 일 없군. 급조한 기사단이라 해봐야 고작 이 정도겠지."

여자는 그대로 엠마의 배를 무릎으로 차고 주먹 세 방을 바로 꽂아서 날려버렸다.

한순간에 일어난 일에 몰리 일행은 멍하니 서 있었다.

쓰러진 엠마가 일어나려고 하자 여자에게 머리카락을 잡혀 들어 올려졌다.

"이, 이게!"

엠마는 계속 저항했는데, 스모크 때문에 표정이 보이지 않아야 할 텐데 여자가 왜인지 괴로워하는 것 같은 느낌이 들었다.

"──넌 여기서 죽어라."

차갑게 내뱉은 말에 엠마는 소름이 끼쳤다.

여자가 왼손으로 손날을 만들었고, 그대로 엠마의 얼굴에 닥쳐와서──.

"아하! 찾~았다."

──내려치기 전에 다른 여자가 문을 토막 내고 나타났다.

기사복을 민족의상처럼 개조한 차림은 엠마도 본 적이 있었다.

선혈귀—— 그녀는 양손에 클로 같은 무기를 장비하고 있는데 이미 핏자국이 있었다.

여기에 올 때까지 전투를 해왔는지 얼굴에는 튄 핏자국이 있었다.

피를 뒤집어쓰고 즐거운 듯이 웃고 있는 그 모습은—— 그야말로 선혈귀라 불리기에 걸맞았다.

여자는 한순간 움직임을 멈췄나 싶더니, 바로 엠마를 밀쳐내고 무기를 손에 쥐었다.

엠마가 다음 순간에 본 것은 서로 뛰어들어서 거리를 좁혀 싸우는 두 사람의 모습이었다.

여자는 갑자기 나타난 침입자에 대해 알고 있었던 모양이다.

"설마 아군을 죽이는 선혈귀가 번필드가에 고용되어 있을 줄이야. 오는 사람을 안 막는다고는 해도 귀찮은 녀석을 불러들였네!"

선혈귀—— 첸시는 낄낄 웃으면서 고개를 갸웃했다.

그 움직임은 기분 나빴고 주위에 공포를 뿌리고 있었다.

실제로 더그와 래리는 움직이지 못하고 있었고, 몰리는 싸움터에 있는데 얼굴에 핏기가 가신 상태로 바닥에 주저앉았다.

첸시는 상대에게 흥미가 생기기 시작한 듯했다.

난도질하기 전에 대화를 즐기고 싶어진 것 같았다.

"날 알고 있구나. 그건 그렇고 좋은 움직임이야. ——조금은 재밌게 놀 수 있겠어."

"——이 변태가."

여자가 손에 들고 있던 것은 일반적인 양날의 검.

싸우는 모습을 본 엠마에게는 의외로 정통파 기사라는 인상을 줬다.

그것도 상당한 실력자다.

실제로 첸시와 엄청난 속도로 싸우고 있었다.

그 움직임은 보였지만 엠마로서는 도저히 따라갈 수 없는 영역이었다.

(대단해. 이런 싸움엔, 도우러 갈 수조차 없어.)

첸시가 변칙적으로 베려고 했지만, 여자는 잘 단련된 검술로 막아나갔다.

하지만 첸시는 당황하지 않고, 오히려 즐거운 듯이 입맛을 다셨다.

"너—— 좋아. 진짜 최고야. 부하들이 너에게 의지할만해."

첸시의 말에 여자가 뒤로 홱 물러나 거리를 만들고 검을 쥐고 자세를 취했다.

하지만 그 호흡은 약간 흐트러져 있었다.

"——부하들을 어떻게 했지?"

첸시는 클로가 달린 손을 팔랑팔랑 흔들었다.

새나 나비가 날개를 퍼덕이는 듯한 동작이라 엠마가 봐도 빈틈 투성이였다.

마치 여자에게 베러 오라고 유혹하는 듯했다.

그대로 여자를 도발했다.

"난도질했더니 이것저것 가르쳐줬어. 나름대로 싸우는 맛이 있는 녀석들도 있었으니까 재밌었어. 가장 강했던 건 귀여운 창술사였으려나? 마지막까지 널 믿고 싸웠어. 눈물겨운 최후였지."

그 말을 들은 순간, 여자는 뭔가를 던졌다.

거기서 연기가 발생하고 덤으로 강한 빛과 소리도 발생했다.

철저하게 도망치는 여자.

하지만 첸시가 클로를 휘두르자── 여자의 피가 흩날렸다.

몰리가 콜록거렸다.

"지금 거 뭐야? 무슨 일이 일어난 거야?!"

래리는 귀를 막고 있었다.

"귀, 귀가 아파."

더그는 권총을 쥐고 주위를 경계하고 있었지만, 엠마는 이미 적이 도망친 뒤라는 것을 알고 있었다.

일어나서 첸시에게 다가갔다.

"도, 도와주셔서 감사합니다."

하지만 첸시는 클로를 보면서 작게 한숨을 쉬었다.

피가 묻은 양상으로 상대에게 중상을 입히지 못한 것을 헤아린 듯했다.

그리고 강적을 놓친 것을 아쉬워했다.

"──놓쳤네, 아쉬워."

"어, 저기?"

엠마가 어리둥절하고 있으니 첸시는 흥미도 없는지 방에서 나가려고 했지만, 갑자기 멈춰 서서 귀에 손을 댔다.

누군가와 통신을 하는 듯했다.

"네, 놓쳐버렸어. 미안해, 클라우스."

아무래도 상관인 클라우스의 지시로 움직이고 있었던 모양이다.

(이 사람도 기사장의 명령은 따르는구나.)

첸시는 클라우스의 명령을 들으면서 엠마 일행에게 시선을 돌렸다.

"──무사해. 말한 대로 도왔어."

아무래도 첸시는 여기에 클라우스의 명령으로 엠마 일행을 도와주러 온 모양이다.

"그래서 다음은? ──알았어. 이대로 내부의 적을 죽이면 되는 거지. 그래, 맡겨줘."

통신을 끝낸 첸시는 돌아보지도 않고 방에서 나갔다.

그때 엠마에게는 입꼬리가 올라가 있는 게 보였다.

첸시는 들뜬 목소리를 냈다.

"후훗, 남은 녀석들을 난도질하며 놀아요."

정말 즐거운 듯이── 마치 놀러 나가는 아이 같은 분위기가 감돌아서 겉모습과의 갭이 엄청났다.

첸시가 방에서 나갈 때까지 아무도 말을 하지 못했다.

그런 가운데, 한 사람이 태평한 목소리를 냈다.

"──아~~아, 방이 엉망진창이잖아. 이거 수리비를 청구해야겠네."

니아스만이 첸시를 신경 쓰지 않고 입을 열었다.

◇

"그런 괴물이 파견됐을 줄은 몰랐어."

헬멧을 벗어던지고 옆구리를 손으로 누른 시레나는 부상당한 곳 가까이에 주사를 놓았다.

통증을 가라앉히고 상처를 치유하는 약이다.

상처가 아물어 갔지만 생각보다 깊이 베여서 아픔이 남았다.

고통으로 인해 얼굴을 찡그리고 있었는데 첸시에게 난도질당한 부하들을 떠올렸다.

자연스럽게 분노해서 어금니를 꽉 깨물었다.

시레나는 마음을 다잡고 단말기를 조작했다.

"──상황은?"

통신을 하자 부하들로부터 잇따라 보고가 올라왔다.

「단장님, 번필드가의 육전대가 나왔습니다. 이 이상 작전을 계속하는 것은 불가능합니다.」

「그 여자, 반드시 죽여주겠어! 잘도 마르코를!」

「단장님, 첸시가 있습니다. 그 여자, 지금은 번필드가에 고용되어 있으니 조심하십시오!」

시레나는 부하들의 보고를 들으면서 작전이 잘 안 되고 있다는 것을 깨달았다.

그리고 일부가 첸시에게 습격당해 지독한 꼴을 당했다는 것을 실감했다.

"이미 조우해서 부상을 당했어. 그건 그렇고, 도망치기 위해서라도 기동기사를 빼앗고 싶어. 가까이에 빼앗을 수 있는 기체가 있는지 조사해줄래?"

아군이 데이터를 보내왔는데 가까이에서 중요 기체를 수송하는 움직임이 있었다.

조사한 부하가 상세하게 보고했다.

「특별 주문한 기체를 반출하려 하고 있습니다. 단장님이 있는 곳에서 가장 가까운 건 이 녀석들이군요. 기동 된 상태이니 빼앗으면 그대로 움직일 수 있어요.」

시레나는 벽에 기대면서 괴로운 듯이 미소를 지었다.

"하필이면 이 기체일 줄이야. 취향이 아니지만 어쩔 수 없지."

◇

그 무렵, 라쿤을 보관하고 있는 격납고에서는 제7병기공장에 소속된 파일럿이 금색으로 도장된 「골드 라쿤」의 해치를 열어 타려고 하고 있었다.

"이 바쁜 시기에 고급기를 운반하라니, 어이가 없군."

특주품이니 만에 하나라도 파괴되지 않도록 옮기라는 명령을 받았다.

파일럿은 불평하면서도 운반하기 위해 콕핏에 들어가려고 했다.

다만 골드 라쿤은 특주품── 특별한 기체이기 때문에 기동시키는데도 손이 많이 간다.

필요한 절차가 많아서 다른 기체보다 기동에 시간이 걸렸다.

애초에 해치를 여는 데도 고생했다.

"좋아, 외부에서 강제로 기동시키고 이제 제조자 패스로 해치를 열면……."

성가신 절차로 기체 기동에 성공하자 갑자기 누가 말을 걸었다.

"수고했어."

"어?"

파일럿은 뒤돌아봤지만 알아차렸을 때는 내던져져 바닥에 낙하하고 말았다.

다행히 파일럿 슈트를 착용하고 있어서 다치지 않았다.

일어나서 항의했다.

"이봐, 무슨 짓이야!"

시레나는 상황을 파악하지 못하고 당황해서 불평하는 파일럿을 무시하고 조종석에 앉아 기체를 조작했다.

해치를 닫고 기체가 정상적으로 움직이는 것을 확인하고 미소를 지었다.

"의외로 나쁘지 않네. 외관 외에는 내 취향이야. 자 그럼, 난 이대로 임무를 속행할까."

적어도 아탈란테 파괴를.

그리고 마음에 안 드는 엠마 살해는 달성할 생각이었다.

◇

「로드먼 중위, 당장 아탈란테를 피난시켜라.」

"기사장님?"

그 무렵, 엠마는 클라우스에게 통신으로 명령을 받고 있었다.

「육전대가 잡은 적으로부터 정보를 얻었다. 놈들의 목적은 아탈란테 파괴다.」

"역시……."

엠마는 자신의 예상은 맞았지만 결국 첸시를 파견한 클라우스에게 보호받았을 뿐이라 기분이 복잡했다.

「제7로부터 기동기사를 탈취당했다는 정보가 들어왔다. 만일의 경우라는 것도 있다. 네 부하들도 피난시켜라.」

아탈란테를 옮기라는 클라우스에게 파시가 맹렬하게 반대했다.

"아무것도 모르는 사람이 참견하지 마! 운반할 수 있으면 고생 안 하지."

클라우스는 큰소리를 들었지만 화내지 않고 냉정하게 대처했다.

「기체는 완성됐다고 들었다만?」

그 말에 이래서 문외한은 안 된다는 얼굴로 파시가 설명했다.

"이렇게나 마구 건드리고 개조한 기체가 전이랑 똑같은 소프트로 움직일 리가 없잖아! 문제는 하드가 아니라 소프트라고, 소

165

프트!"

기체는 완성돼있어도 움직이기 위한 소프트가 미완성이면 의미가 없다.

이대로는 만족스럽게 움직일 수 없기 때문이다.

「탈 필요는 없다. 항구까지 운반해주면——.」

"여기선 멀다고! 그리고 적이 오고 있으면 통로는 못 써."

파시는 엠마의 단말기로 말싸움을 시작했고 니아스는 백의의 주머니에 손을 찔러넣고 다가왔다.

"여기엔 밖으로 나가는 해치가 있어. 밖에서 받을 수 있다면 그 아이를 태우고 내보내기만 하면 돼."

니아스의 제안을 듣고 클라우스는 잠시 골똘히 생각한 후에 결론을 내렸다.

「알겠다. 회수할 부대를 파견해두지. ——로드먼 중위, 어렵겠지만 아탈란테를 무사히 전해줬으면 한다.」

"네!"

경례한 엠마는 바로 아탈란테에 탈 준비를 시작했다.

통신을 끊고 바로 옷을 갈아입기 위해 로커로 가려는데—— 그때 니아스가 불러 세웠다.

"기다려."

"네?"

니아스는 나른한 태도로 뒤돌아본 엠마에게 물었다.

"너, 처음 기동기사 조종을 배운 곳은 어디야?"

이런 상황에 물어볼 만한 질문일까?

엠마는 고개를 갸웃했지만 일단 대답하기로 했다.

"그러니까, 오래된 오락실에 입고된 기동기사 시뮬레이터로 놀면서 배웠어요."

"그거, 어시스트 기능은 없었지?"

그 말을 듣고 엠마는 옛날을 떠올리면서 대답했다.

"어릴 때라서 기억은 안 나지만 조종이 어려웠다는 건 기억하고 있어요."

그리운 이야기라 생각했다.

근처에 있었던 상당히 오래되고 쇠락한 오락실에 누군가가 시뮬레이터를 가지고 왔다고 한다.

그 남자는 돈이 궁한 모양이었는데, 점주가 산 것을 후회하고 있었던 것을 엠마는 기억해냈다.

자주 '그 사기꾼 자식'이라며 칼을 찬 남자에 대해 불평하고 있었다.

그 시뮬레이터는 걷게 하는 것만으로도 굉장히 어려웠다.

아이들이 게임기를 다루는 느낌으로 가지고 놀기에는 난이도가 너무 높았다.

처음엔 희귀해서 아이들도 탔지만 금방 재미없다며 모두가 흥미를 잃었다.

점주는 진짜 시뮬레이터를 게임하는 느낌으로 탈 수 있다! 라는 화제성을 기대했지만, 계획이 어긋나 낙담한 것이 기억났다.

하지만 그런 시뮬레이터를 가지고 노는 아이가 딱 한 명 있었다.

──엠마다.

기사를 동경하던 엠마만이 기동기사 조종을 맛볼 수 있다며 계속 탔다.

날이면 날마다 계속 타서 조금씩 움직일 수 있게 되었다.

처음엔 제대로 움직이지 못했다.

제대로 움직일 수 있게 되기까지 몇 개월의 시간이 필요했다.

거기서 더 나아가 걷고, 달리고, 점프하고── 제대로 움직일 수 있게 된 무렵에는 기동기사 조종에 매력을 느끼고 있었다.

엠마도 지금은 용케도 계속 탔다고 생각하고 있다.

당시의 엠마에게는 훈련이라기보다는 놀이의 일환이었다.

포기하지 않고 몇 번이나 계속 도전한 시뮬레이터는 엠마에겐 좋은 추억이다.

그런 엠마의 이야기를 들은 니아스는 관심 없다는 표정에 변화가 일어났다.

살짝 미소 짓고 엠마를 아주 흥미롭다는 듯이 쳐다봤다.

"어, 저기요?"

그 시선은 엠마가 당황할 정도였지만 니아스는 신경 쓰는 기색이 없었다.

"너도 정말 재밌네. ──자, 시간도 없으니까 가도 좋아."

"아, 네?"

달려가는 엠마의 모습을 보고 있던 니아스는 고개를 숙이더니 뭔가를 떠올리고 웃었다.

정말 유쾌해 보였다.

"시스템은 유용해도 문제없을 것 같네."

　용병단 달리아의 전함 안.

　격납고에 반입된 골드 라쿤의 콕핏에는 수많은 케이블이 외부로부터 연결되어 있었다.

　파일럿 슈트로 갈아입은 시레나가 격납고로 돌아왔다.

　"출격까지 몇 분?"

　무중력 상태인 격납고에서 비행하듯이 다가오는 시레나를 정비사가 받아내고 대답했다.

　"언제든지 나갈 수 있어요."

　"고마워."

　케이블을 뽑은 콕핏에 들어온 시레나를 보고 정비사가 불안해했다.

　"정말로 계속할 생각인가요?"

　시레나는 기체 조정을 하면서 대답했다.

　"죽은 부하들의 원수를—— 갚는다고는 안 하겠지만. 물러나기 전에 한바탕 날뛰지 않으면 이후의 일에 영향이 갈 거야."

　복수하기 위해 덤비는 게 아니다.

　모든 것은 일을 위해서다.

　하지만 죽은 부하의 원한을 갚아주는 정도는 괜찮다는 게 시레나의 생각이었다.

　게다가—— 이번 의뢰에서 아무런 성과도 얻지 못하면 시레나와 달리아 용병단의 평가가 떨어지고 만다.

용병에게 평가는 가치로 연결되며 이후의 일에 큰 영향을 주는 게 사실이다.

"시운전을 겸해서 날뛰고 올게."

시레나의 말에 정비사가 기막혀했다.

"외관은 어찌 됐든, 확실히 대단한 기동기사니까요. 양산기를 커스텀한 것 치고는 돈이 너무 많이 든 것 같지만요."

"대체 누가 탈 예정이었던 걸까?"

시레나가 해치를 닫자 정비사들이 골드 라쿤에서 떨어져 갔다.

출격 준비가 되자 캐터펄트로 사출되었다.

"이번에야말로 죽여줄게."

시레나는 자신이 생각하는 것보다 더 엠마라는 기사가 신경 쓰였다.

자신이 임무에 사적인 감정을 품지 않았다며 스스로 타이르고 있다는 걸 깨닫지 못했다.

아탈란테의 콕핏.

제7의 파일럿 슈트로 갈아입은 엠마는 시트에 앉아 조종간을 꼭 쥐었다.

파시가 오퍼레이터가 되어 엠마에게 현재 상황을 설명해줬다.

171

「소프트웨어를 급조했어. 정상적인 작동은 기대하지 않는 편이 좋을 거야.」

"알겠습니다."

「중위는 아군과 합류하는 것만 생각해. 적과 조우해도 도망치는 거야. ——알겠지?」

몇 번이고 주의를 주는 파시는 이전의 테스트에서 엠마가 오버로드 상태로 이행한 것을 떠올리고 있을 것이다.

엠마는 마음을 다잡으면서 대답했다.

"네."

(이번에는 절대로 실수하지 않아!)

엠마의 모습을 보고 안심했는지 파시가 미소 지었다.

「조심해. ——아탈란테의 락을 해제해.」

파시가 그렇게 말하자 행거 안의 암에 고정되어 있던 아탈란테가 해방되었다.

움직일 수 있게 된 것을 확인하자 엠마는 아탈란테를 걷게 했다. 움직임이 몹시 어색했다.

"괜찮아. 아군과 합류하기만 하면 되니까."

자신을 타이르면서 우주로 나가는 해치까지 갔다.

해치가 열려 밖으로 나가니, 거기서는 제7의 방위 부대가 기다리고 있었다.

아탈란테가 도망칠 수 있도록 호위를 해줄 모양이다.

「중위, 제7의 방위 부대가 호위할 거야. 그대로 아군과 합류해.」

이러면 무사히 번필드가의 함대와 합류할 수 있겠다고 생각하고 있으니 콕피트 안에 경보가 울렸다.

"적?! 바로 위?!"

얼굴을 들자 거기서 다가오는 소형 기동기사들.

손에 든 화기로 공격을 가해 실탄과 빔 등이 쏟아졌다.

거기에 더해 함정의 모습도 보였다.

공격을 당한 제7의 방위 부대의 구축함이 빔에 관통당해 폭발했다.

아탈란테가 충격에 날아갔는데, 자세 제어가 불안정했다.

조종간을 움직이고 풋 페달을 밟아 어떻게든 했지만 아탈란테는 우주에서 발버둥을 쳤다.

"아군이 올 때까지는 어떻게든 버텨낼 거야!"

도망가려고 하자 소형 기동기사들이 아탈란테를 노리고 날아왔다.

제7의 방위 부대를 무시하고 돌격해오는 모습을 보면 아탈란테가 표적인 건 틀림없다.

백팩의 트윈 부스터를 사용하자 콕핏 안에 중력이 발생했다.

아탈란테가 도망치기 시작하자 소형기들이 쫓아왔다.

하지만 제어가 안 되는 아탈란테는 우주를 지그재그로 날고 있을 뿐이었다.

똑바로 도망칠 수 없을 줄 알았지만 불규칙적인 움직임에 적기도 당황한 듯했다.

173

그대로 엠마가 도망다니고 있으니——.

「핫! 잔챙이 놈들이!」

——번필드가의 기동기사들이 나타났다.

양산형 기동기사들은 아탈란테를 지키기 위해 움직였다.

게다가 그들을 통솔하는 사람은 엠마와 면식이 있는 대위였다.

들은 적 있는 목소리에 엠마는 환하게 웃었다.

"대위님!"

「엠마, 잘 있었어? 잠깐만 기다려. 금방 끝낼 테니까.」

윙크하며 여유를 보이는 자넷.

그녀의 부대는 3기로 편제된 4개 소대. 도합 12기의 기동기사들이 소형기들을 덮쳤다.

「용병 놈들이 번필드가를 얕보지 마라~!」

자넷이 탄 기체가 적기를 덮쳐 실체검으로 찔렀다.

콕핏을 쉽게 관통하고 파괴해버렸다.

엠마는 그 움직임에 넋을 잃었다.

(대단해. 이게 A랭크 기사의 실력이구나!)

자넷은 틀림없는 에이스이며, 자넷이 거느린 부대도 실력자가 모여 있었다.

번필드가의 기동기사들이 소형 기동기사들을 차례차례 파괴해 나갔다. 적 기체는 소형기치고는 뛰어난 성능이었으나, 양산기의 출력에는 미치지 못하는 것 같았다.

잇따라 아군이 격파당하자 남은 적기가 부리나케 철수했다.

그 모습을 본 엠마는 안도해서 한숨을 쉬었다.

"감사합니다."

「전장에서 긴장을 풀면 죽어. 모함에 도착할 때까지 집중력을 잃지 않도록.」

"아, 네!"

이제 12기의 기동기사에게 호위를 받으며 아군의 모함이 도착하기를 기다리면 될 뿐이다.

믿음직한 아군에게 둘러싸여 있으니 약간 마음이 편해졌다.

가벼운 마음으로 주위를 경계한 순간, 아탈란테의 센서가 적을 감지했다.

"적?! 대위님, 또 적이 접근합니다!"

자넷은 엠마의 착각이라 생각한 듯했다.

「이쪽 레이더에는 아무런 반응도——.」

그 직후, 자넷의 기체도 적기의 접근을 알아차린 듯했다.

양산기들이 무기를 쥐고 바로 아래로 몸을 돌렸다.

「바로 아래에서 온다! ——아니?!」

하지만 거기에 적기의 모습은 없었다.

놀란 건 엠마였다.

"아니에요! 적은……!"

양산기 중 한 기가 뒤에서 관통당해 폭발했다.

아군이 그쪽으로 시선을 돌렸는데, 거기에 있는 것은 금색으로 도장된 라쿤이었다.

제7에서 탈취당했다는 알림이 있어서 이미 적기로 등록되어 있었다.

자넷에게서는 여유가 사라지고 미간을 찌푸리고 있었다.

「어디서 나온 거지!」

자넷의 기동기사가 라이플을 쥐고 공격하자 발사된 실탄이 골드 라쿤을 통과했다.

「말도 안 돼?!」

다른 아군기도 공격을 가했지만, 광학병기도 통과됐다.

그때 파시로부터 통신이 들어왔다.

「그 녀석은 센서를 교란하는 기능이 있어. 죽고 싶지 않으면 계속 움직여!」

그 말을 듣고 자넷이 바로 부하들에게 명령했다.

「산개!」

자넷의 기동기사가 아탈란테를 붙잡고 그 자리에서 이탈했다.

그러자 잇따라 아군의 비명이 들려왔다.

「사, 살려——.」

「모습을 보여라!」

「어디 있는 거냐, 너구리 자식!」

엠마는 콕핏 속에서 아군의 비명을 들으면서 폭발하는 빛을 보고 있었다.

아군이 차례차례 사라져 가는 광경 앞에서 떨림이 멈추지 않았다.

"이건 어떻게 해야⋯⋯."

대처법은 있겠지만 이 상황에는 어쩔 도리가 없었다.

그렇게 11기째가 파괴되고 엠마와 자넷만이 남게 되었다.

자넷은 아탈란테를 아군이 오는 방향으로 던져버리고 무기를 쥐었다.

「엠마, 그대로 아군에게 가.」

"대위님?! 안 돼요!"

아탈란테가 팔을 뻗었지만 자넷은 등을 돌렸다.

「부하들의 원수는 갚아줘야지.」

엠마를 도피시키기 위해 자넷이 미끼가 되어 적과 싸우려고 했다.

그런 엠마 일행의 대화를 도청하고 있었는지 골드 라쿤이 모습을 드러냈다.

통신 회선을 열었다.

「넌 타겟이 아니니까 못 본 척해줄 수도 있어.」

어딘가에서 들은 적이 있는 목소리라 생각했다.

그리고 엠마 안에서 그날의 광경—— 목소리와 연결되었다.

"설마, 그때의!"

떠오른 것은 자신을 격려해준 사이렌이었다.

사이렌은 바보 취급하듯이 웃고 있었다.

「이제야 알아챘어? 정말 둔한 아이네. 그렇게 둔한 아가씨라서 정의의 기사라는 헛소리를 지껄이시는 걸까?」

"왜 당신이……?!"

「처음부터 조사하기 위해 접근한 거야. 그런 줄도 모르고 꿈을 술술 얘기하는데, 필사적으로 웃음이 터지는 걸 참았어.」

사이렌이 조소하자 엠마는 분노로 몸이 떨렸다.

그때 사실은 자신을 비웃고 있었다―― 부끄러움과 분함이 치밀어 올랐다.

(내가 이런 사람을 훌륭한 여자라고 생각하고 있었다니!)

어른스러운 여성으로서 존경하는 마음을 품고 있던 자신이 우스꽝스럽다는 생각이 들었다.

어금니를 깨물고 있으니 자넷이 골드 라쿤에게 덤벼들었다.

사이렌은 간단히 피하고 자넷을 가볍게 상대하기 시작했다.

A랭크 기사로서 조종 기술도 뛰어날 터인 자넷이 사이렌을 상대로는 손도 못 썼다.

그 광경에 엠마는 놀라움을 숨기지 못했다.

(대위님이 농락당하고 있어?!)

두 사람의 대화가 들려왔다.

「네 상대는 나야!」

「도망치면 될 텐데 왜 덤비는 걸까?」

「나도 기사니까!」

대답이 되는 듯하면서도 대답이 되지 않는 대답이었지만 사이렌에겐 충분했던 모양이다.

「이해가 안 되네. 부하의 복수는 납득이 돼. 하지만 기사라서 이길 수 없는 싸움을 하는 거야? 자신의 목숨은 소중히 해야지.」

「지껄여봐라!」

자넷의 양산기가 라이플을 버리고 레이저 블레이드를 들고 덤벼들었다.

골드 라쿤은 그걸 걷어차고 무기를 들고 있던 팔을 파괴했다.

그걸 보고 엠마는 최악의 전개를 예상했다.

"이제 절 두고 도망치세요! 이대로 가면 대위님이!"

이대로라면 자넷이 죽을 것이라 생각해 도망치길 바란다고 외쳤다.

하지만 자넷은 엠마의 제안을 거부했다.

「이 상황에 동료를 버리는 여자로 보여? 이래봬도 대장 밑에서 에이스를 하고 있다고!」

자넷은 허세를 부렸지만, 사이렌은 공격을 늦추지 않았다.

무기를 잃은 자넷의 기동기사를 걷어차고 우회해서 들어갔다.

「이 정도로 까불고 있었던 거야?」

그대로 다리에 다음 일격이 박혔다.

가지고 있던 큰 도끼로 팔다리를 절단해 나갔다.

엠마는 농락당하며 죽어가는 자넷의 모습을 보고 있을 수밖에 없었다.

"대위님!!"

콕핏 안에 있는 자넷은 이길 수 없다는 걸 깨달았을 것이다.

마지막으로 엠마에게 말했다.

「실패했네. ──엠마, 미안하지만 대장한테 사과해줄래? 오래
못 봐서 미안하다고.」

그 직후, 자넷이 탄 콕핏에 골드 라쿤이 왼팔을 때려 박았다.

콕핏의 영상이 끊겨져 버렸다.

"자넷 대위님!!"

엠마가 외쳐도 대답은 없었다.

대신 대답하는 사람은 함께 차를 마셨을 때와는 달리 차가운 목
소리를 내는 사이렌이었다.

「기사라서? 정말 바보 같은 녀석들이야. 귀족들의 장기말에 불
과한데 명예네 고집이네 하면서 정색을 하지. 그 귀족들이 얼마
나 쓰레기인지도 모르는 주제에. 정말 이해할 수 없는 멍청이들
이야.」

자넷의 기체를 걷어찬 사이렌은 아탈란테에게 가지고 있던 라
이플을 겨눴다.

「너도 그렇게 생각하지?」

동의를 구하는 사이렌의 목소리는 낮아서 대답에 따라서는 바
로 죽이러 올 것이라는 걸 예상할 수 있었다.

「기사라고 해도 그냥 장기말 중 하나. 귀족들이 쓰고 버리는 목
숨. 너도 그렇게 생각하지?」

물어보는 사이렌의 목소리에는 감정이 희박했다.

엠마는 사이렌이 무서웠지만, 그래도──.

"아, 아니야……!"

「…….」

"적어도 내 영주님은 달라. 백성을 지키기 위해 목숨을 걸고 싸울 수 있는 대단한 사람이니까—— 내가 목표로 삼은 강한 사람이니까! 그 사람은 네가 말하는 그런 사람이 아니야!"

사이렌의 동의를 거절한 엠마는 떨면서도 조종간을 꽉 쥐었다.

사이렌은 굉장히 차가운 목소리로 말했다.

「……그럼, 명예를 위해 비참하게 죽어.」

사이렌이 라이플의 방아쇠를 당기려고 한 순간이었다.

「엠마 로드먼 중위, 준비가 완료됐어.」

모니터 일부에 니아스의 얼굴이 표시되자 아탈란테의 상태가 이상해졌다.

모니터에 작은 창이 잇따라 나타나더니 멋대로 업데이트하기 시작했다.

"니아스 소령님?!"

놀란 엠마가 페달을 밟자 아탈란테가 나선형으로 돌면서 날아갔다.

그 덕에 탄을 피했지만 적기가 쫓아왔다.

전투 중인데도 니아스는 자기는 상관없다는 듯이 이야기를 계속했다.

「미안하지만 시간이 없으니까, 이 상태로 소프트 조정을 할게.」

"어? 네?"

니아스의 말을 이해하지 못하고 있는데 이야기를 듣고 있던 파시는 혼란스러워했다.

「전투 중에 시스템을 조정한다고?! 미쳤어?!」

보통은 말도 안 되는 짓이다.

하지만 니아스는 동요하지 않았다.

「중위에게 맞게 조정할 뿐이야.」

「말도 안 되는 소리 하지 마! 지금 한창 전투 중이라고! 대체 어쩌려고 그래?!」

「적어도 너보다 내가 더 우수하니까 바보 아니야. ——할 수 있겠어? 중위.」

니아스가 모니터 너머에서 똑바로 바라봤다.

이에 엠마는 고개를 끄덕였다.

"할게요. 하게 해주세요!"

「좋은 대답이야.」

모니터가 꺼지는 순간에 니아스는 미소 짓고 있었다.

곧 시스템 로그가 정신없이 흐르기 시작했다.

대부분 이해할 수 없는 내용이었지만, 그중 하나—— 과거에 오락실의 시뮬레이터에서 봤던 정보가 섞여 있었다.

"이 시스템은······!"

사운드 온리로 니아스가 설명을 시작했다.

「특수기용 시스템을 베이스로 했어. 지금부터 아탈란테용으로 조정한다.」

시스템이 기동되자 아탈란테에 변화가 나타났다.

트윈아이가 반짝이고 방금까지 나선을 그리며 날던 기체가 직진했다.

엠마는 기체의 반응에 놀랐다.

(대단해. 지금까지와는 전혀 달라……!)

엠마의 감각에 가까워진 느낌이 들었다.

그 변화는 사이렌에게도 전해지고 있었던 모양이다.

「설마 이 와중에 시스템을 업데이트한 건가? 천재들은 하나같이 상식을 벗어나는군. 역시 그때 죽여야 했어.」

골드 라쿤이 다가오는 가운데, 아탈란테는 도망을 멈추더니 사이드 스커트의 레이저 블레이드를 쥐었다.

아탈란테가 베려고 달려들자 적이 황급히 피했다.

「이 자식!」

아탈란테의 움직임이 뜻밖이었는지 목소리에서 당혹감이 느껴졌다.

엠마는 다음엔 어떻게 공격할지 생각하고 있었다.

"잘도 대위님을……!"

입장이 역전되어서 이번에는 골드 라쿤이 도망을 다녔다.

골드 라쿤은 라이플을 쥐고 공격했지만 아탈란테의 스피드를 전혀 따라잡지 못했다.

「칫!」

라쿤을 조정도 없이 탈취하여 운행한 게 여기서 문제점을 보이고 있었다.

아탈란테가 적기에 다가가 레이저 블레이드로 내리쳤다.

하지만——.

"!"

엠마는 아탈란테를 물러나게 했다.

——적기는 팔로 공격을 막으려고 했는데, 그게 정답이었던 것 같다.

파일럿은 당황하면서도 웃고 있었다.

「아하, 아하하하! 뭐야, 이거! 특수장갑이라더니, 흠집도 안 났잖아?」

사이렌이 콕핏 안에서 유쾌하게 웃는 이유는 엠마의 레이저 블레이드가 장갑을 태우지 못해서다.

골드 라쿤의 장갑은 깎아내지 못해 흠집 없는 그대로였다.

침착함을 되찾은 사이렌이 이번에는 공격적으로 나왔다.

「길들이기를 겸해서 빠르게 파괴해줄게.」

소행성 네이아 안에 있는 제7병기공장 개발실.

그곳에서 프로그램을 갱신하고 있는 니아스의 주위에는 화면이 아홉 개나 있었다.

그 화면들이 동시에 갱신되고 엄청난 속도로 흘러갔다.

내용을 동시에 확인하고, 갱신하고, 수정한다.

그걸 전투 중에 실행하고 있으니 주위 사람들은 아연실색하는 수밖에 없었다.

경이적이라고도 할 수 있는 재능이지만 니아스는 아무렇지도 않게 여겼다.

"이건 안 되겠네. 이건 조정하면 문제없고. 이건……."

아탈란테의 움직임과 데이터를 확인하면서 프로그램을 갱신해 나갔다.

그 이상함을 직접 목격한 파시가 니아스의 재능을 부러워했다.

"진짜 천재는 다르네. 설마 이런 상황에도 프로그램을 처음부터 만들 수 있을 줄은 몰랐어."

말투에 가시가 약간 있었지만, 니아스는 신경 쓰지 않았다.

이런 일은 일상다반사다.

항상 다른 사람에게 멋대로 질투를 받고, 원망을 받고, 방해를 받아왔다.

그러한 것들을 전부 물리치고 있기에 지금의 니아스가 존재한다.

"0에서부터 만든 건 아니야. 기존에 있던 걸 약간 손 본 거지. 이런 상황에 무(無)에서 창조하기는 나라도 어려워."

못 한다고 하지 않는 것을 보고 파시는 살짝 공포를 느꼈다.

그래도 자존심이 있어서 속마음을 알아차리지 못하도록 이야기를 계속했다.

"있던 걸 손봤다고? 아탈란테는 제3의 기체고 설계 사상도 제7과는 달라. 응용조차 되지 않을 건데?"

니아스는 작업을 계속하면서 답했다.

"가능해. 기체가 아니라 파일럿에 맞춰 조정하는 거니까."

"——그거야말로 있을 수 없는 일이지."

무명의 파일럿을 위해 특별히 기동기사 시스템을 준비한다는 건 생각할 수 없는 일이다.

파시가 이해할 수 없다고 생각하는 동안에 니아스는 시스템을 완성했다.

"있을 수 있어. 그 아이가 연습에 썼던 시뮬레이터는 우리 특수기에서 따온 거야. 다른 것도 아니고 그 시뮬레이터로 훈련하다니."

"제7의 특수기? 설마……."

니아스가 사탕을 꺼내서 입에 넣어 지친 뇌에 영양을 보급하며 기지개를 켰다.

해냈다는 달성감과 재밌는 파일럿에 대한 기대로 웃음을 띠고 있었다.

"어디서 유출된 걸까? 설마 어비드의 시뮬레이터로 연습한 아이가 있다니, 예상도 못 했어. 이래서 그 가문은 정말 재밌어."

니아스는 단말기를 조작했다.

"중위, 잘 들어."

◇

「중위, 잘 들어. 급조이긴 해도 시스템은 완성했어. 움직이는 데 문제는 없을 거야.」

엠마는 아탈란테의 콕핏 안에서 조종간을 격하게 움직이고 있었다.

공격 수단이 없는 아탈란테에게 골드 라쿤이 다가왔다.

"감사합니다! 하지만 무기가 없어요. 레이저 블레이드도 안 통하고요."

특수장갑이 있는 골드 라쿤을 격파하는 건 현시점에는 불가능했다.

하지만 개발자인 니아스가 작게 한숨을 쉬었다. 정말 아쉽다는 듯한 반응이었다.

「방법이 있어. 제3이랑 관련이 있는 기체에 파괴당하도록 직접 공략법을 알려주는 건 부아가 치밀지만.」

엠마는 바싹 다가오는 골드 라쿤이 내려친 큰 도끼를 종이 한 장 차이로 피하면서 방법을 물었다.

"가르쳐주세요!"

「적이 탄 건 커스텀한 라쿤이야. 관절부는 다른 기체와 큰 차이가 없어. 최대한 튼튼하게 만들었지만, 아탈란테의 성능이면 파괴할 수 있어. 빨리 제 실력을 발휘해.」

엠마는 제 실력이라는 말을 듣고 그게 오버로드를 가리킨다는 걸 금방 깨달았다.

하지만 과거의 실패가 뇌리를 스쳐 지나갔다.

"하, 하지만……."

과부하 상태로 싸우면 관절을 파괴할 수 있다는 가르침을 받았지만, 이전의 테스트에서 실패한 엠마는 조금 망설였다.

그 모습을 꿰뚫어 본 니아스가 말했다.

「안심해. 아탈란테의 프레임과 시스템은 전부 검증된 걸로 교체했으니까.」

"검증된 거라니요?"

「너도 이름은 들어봤겠지? 바로 어비드와 같은 프레임이야.」

아탈란테는 어비드에도 사용된 레어메탈 프레임 소재를 사용해 개수되었다.

시스템도 엠마를 위해 어비드의 것을 유용했다.

"어비드라고요?"

「외관은 다르지만, 그 아이는 어비드의 여동생이 되려나? 네 실력으로는 아무리 난폭하게 몰아도 망가뜨리기 쉽지 않을걸.」

바보 취급하는 말이었지만, 그 말에는 「아무리 날뛰어도 부서지지 않는다」는 니아스의 보증이 있었다.

엠마는 각오를 다졌다.

"믿을게요."

「어설픈 믿음은 필요 없어.」

니아스는 엠마의 기대를 받아들이지 않았지만, 모니터 너머에서는 미소 짓고 있는 것처럼 보였다.

결과는 뻔하다고 말하고 싶어 하는 듯한 표정이었다.

엠마는 조종간을 다시 잡았다.

"──아탈란테, 힘을 빌려줘."

엠마는 콕핏 안에 있는 오버로드 상태로 만드는 레버를 전력으로 당겼다.

그 행동에 망설임은 전혀 없었다.

아탈란테에 과부하가 걸리면서 기체가 흔들렸지만, 이전과는 달리 버텨냈다.

레어메탈 프레임이 폭주하는 동력로를 억제했다.

관절에서 여전히 방전 현상이 일어났지만, 초기와 비교하면 훨씬 개선되었다.

폭주하던 에너지도 기체에 더 효율적으로 전달됐다.

파시는 잉여 에너지를 방출해서 기체의 안정을 꾀했지만, 니아스는 기본 프레임을 변경해서 잉여 에너지를 효율적으로 운용하는 방법을 선택했다.

말이 쉽지, 실제로는 파시 일행이 검토 단계에서 포기했을 만큼 어려운 일이었다. 그러나 니아스는 그걸 실현할 실력을 가진 천재였다.

트윈 부스터가 노란빛을 뿜자 중압이 덮쳐왔다.

하지만 엠마는 좋은 느낌을 느끼고 있었다.

"할 수 있겠어!"

노란빛을 뿜는 아탈란테가 골드 라쿤에게 향했다.

"뭐야, 이 녀석?!"

골드 라쿤의 콕핏 안에서 시레나는 믿을 수 없는 광경을 보고 있었다.

서서히 움직임이 좋아지는 아탈란테는 경이로웠지만, 그래도 특수장갑 덕분에 라쿤은 압도적 우위를 점하고 있었다.

그런데 아탈란테가 갑자기 빛을 뿜어내더니 엄청난 움직임을 보여주기 시작했다.

"데이터보다 더 빠르잖아. 설마 이게 본 실력이라고?!"

의뢰자에게 받은 데이터에서는 과부하 기능에 관한 내용도 있었다. 하지만 실제로 마주한 적은 데이터보다 더 성가시기 짝이 없었다.

단순히 움직임이 빨라지는 정도면 어떻게든 대처할 수 있을 줄 알았는데.

"센서가 전혀 따라잡지 못하는 수준이라니!"

──골드 라쿤의 화기 관제 시스템이 아탈란테를 인식하지 못했다.

원거리 공격은 사실상 무효화 된 거나 마찬가지였다. 그렇다고 해서 근접 공격이 유효한 건 또 아니었다.

큰 도끼를 아무리 휘둘러도 상대는 간단히 피했다.

분한 마음에 시레나의 입에서 엠마를 높이 평가하는 말이 나왔다.

"세상 물정 모르는 애송이인 줄 알았더니, 실은 괴물 파일럿이었나!"

엠마의 모습을 떠올렸는데, 아직 순진한 모습이 빠지지 않은 여자아이가 아탈란테라는 흉악한 기동기사를 조종하고 있다는 게 믿기지 않았다.

아탈란테의 성능도 위협적이고, 그걸 능숙하게 다루는 파일럿도 위협적이다.

"이 자리에서 제거하지 않으면 후회하겠군."

시레나가 탄창이 빈 라이플을 내던지고 서브머신건을 꺼내 들었다.

견제 사격으로 달려들어 근접 공격을 시도하니 아탈란테가 당황해서 회피했다.

"역시, 전투 경험이 부족하네!"

전투기술은 자신이 더 우위에 있다. 상대는 변변한 무기도 없으니, 무장도 우세하다.

골드 라쿤이 왼팔에 든 큰 도끼로 베려고 달려들자 아탈란테가 몸을 부딪쳐왔다.

"이 자식!"

「잡았다아아아!!」

접촉함으로써 강제적으로 회선이 열려 엠마의 목소리가 들려왔다.

아탈란테가 가속하자 밀린 골드 라쿤의 콕핏에 있는 시레나도 중압을 느꼈다.

너무나 큰 가속력이 콕핏이 중력을 완전히 제어하지 못했다.

"놔라!"

저항했지만 아탈란테는 놓지 않았다.

「잘도 대위님을!」

"하! 이건 전쟁이야! 죽음이야 흔한 일이라고. 뭐, 그 녀석 같은 경우에는 개죽음이었지만 말이야!"

죽인 적 에이스 파일럿을 깎아내렸지만, 엠마는 격분까지 하진 않았다.

「그 사람이 있어서 아탈란테가 완성됐어요. 그 사람이 벌어준 시간이 없었다면 전 죽었을 거예요. 그 사람이 있었기에―― 이렇게 당신을 바싹 몰아넣을 수 있어요!!」

시스템을 갱신하기 위한 약간의 시간을 번 것은 시레나를 물고 늘어진 자넷의 성과다.

"큭?!"

(저 녀석만 없으면!!)

시레나도 이제 와서 그 약간의 시간 끌기가 치명적이었다며 후회했다.

"까불지 마라!"

아탈란테를 파괴하려고 뻗은 왼팔이 잡혔다.

아탈란테는 그대로 골드 라쿤의 왼팔을 강제로── 비틀어 떼버렸다.

뜯겨버린 왼팔을 본 시레나는 식은땀을 흘리며 외쳤다.

"이 괴물이!"

시레나는 왼팔을 잃어 계속해서 고전을 강요당했지만, 그때 달리아 용병단의 부하들이 달려왔다.

「단장님, 철수해야 합니다!」

수십 기의 기동기사로부터 포격을 받은 아탈란테는 골드 라쿤으로부터 거리를 벌렸다.

"시간을 너무 들였네. 본대로 합류한다."

(나답지도 않아. 너무 뜨거워졌어.)

반성하고 본대와 합류하려고 했지만, 부하들로부터는 예상치 못한 대답이 돌아왔다.

「그럴 상황이 아닙니다! 본대는 이미 괴멸됐습니다!」

"──뭐라고?"

달리아 용병단의 규모는 1,000척은 넘는다.

전부 정예는 아니라 의지가 되는 건 200척 정도일 것이다.

그래도 1,000척의 함대가 당했다는 게 믿기지 않았다.

"대체 누가⋯⋯?!"

간단히 당할 만한 아군이 아니라는 걸 알기 때문에 괴멸당했다는 게 믿기지 않았다.

그 정도의 강적이 이곳에 있을 줄은 상상도 못 했다.

「번필드가입니다! 놈들이 본대를 공격했습니다. 살아남은 건 50척 정도입니다.」

"숨어있던 본대를 찾아내다니⋯⋯."

50척. 그나마도 포격의 비를 뚫고 나온 탓에 멀쩡한 함선은 거의 없었다.

시레나는 어금니를 꽉 깨물었다.

(첸시 외에도 성가신 놈이 있었던 건가. 유명한 기사는 안 왔다고 들었는데, 너무 쉽게 봤어⋯⋯.)

시레나는 자신의 실책을 후회했지만, 단장이기 때문에 명령을 내렸다.

"⋯⋯철수하자."

골드 라쿤을 철수시켰다. 아탈란테가 추격하려 했으나 이내 움직임을 멈췄다.

추격이 멈춘 걸 보고 시레나는 가슴을 쓸어내림과 동시에 짜증이 났다.

"언젠가 반드시 숨통을 끊어줄게. 그때까지 열심히 기사 놀이를 즐기라고."

시레나는 그렇게 내뱉고 도망치는 이 상황에 분한 마음이 치밀어 올랐다.

◇

엠마는 물러나는 적을 보면서 콕핏 안에서 상관에게 대들고 있었다.

"왜 추격하지 않는 거죠! 저 녀석은, 저 여자는 대위님을······!"

추격을 막은 건 바로 클라우스였다.

그는 적의 주력대를 몰아넣고 있었다.

「긴급출격한 탓에 탄약과 연료에 여유가 없다. 추격하면 아군의 피해가 커질 거다.」

"하지만······!"

「우리는 곧 네이아로 귀환한다. 너도 아군과 합류해라.」

엠마는 고개를 떨궜다.

아탈란테의 오버로드 상태가 해제되자 그 자리에서 움직임을 멈췄다.

오른손에는 골드 라쿤의 왼팔이 쥐어져 있었다.

"나 때문이야. 나 때문에 대위님과 모두가······."

자신이 약해서 안면이 있는 기사를 잃고 말았다.

그 책임이 자신에게 있다고 하자 모니터 너머에 있던 클라우스가 강한 어조로 질책했다.

「착각하지 마라. 자넷 대위가 고작 일개 기사를 지키려다 전사했다고 생각하나?」

"하지만! 제가 더 강했다면 대위님을 구할 수 있었어요! 다른 사람들도 분명!"

「가능성의 문제가 아니다. 아탈란테 회수를 명령한 건 나다. 내가 파견할 부대를 정하고, 자넷에게 너를 데리러 오도록 명령했으니, 책임 또한 내게 있다.」

엠마 고개를 숙이고 입을 다무니, 클라우스가 조용히 말을 덧붙였다.

「넌 잘했다.」

함교에서 클라우스가 엠마와의 통신을 끝내자 곁에 있던 함장이 입을 열었다.

"아직 젊군요. 아군을 잃어 격정에 사로잡히다니. 하지만 그 와중에도 명령을 듣고 추격을 멈춘 건 평가할만한 일입니다."

클라우스는 애통한 감정을 억누르며 가능한 한 평정을 가정했다.

"예, 소중한 부하를 잃고 말았습니다. 명백하게 제 책임입니다."

함장은 클라우스의 이야기를 듣고 몇 번인가 고개를 끄덕였다.

"그렇지요. 모든 작전의 책임은 이 함대의 지휘관인 기사장에게 있으니까요."

자칫 냉정하게 들렸지만, 함장의 말은 그게 전부가 아니었다.

"하지만 당신 덕분에 제7병기공장의 피해를 크게 줄일 수 있었습니다. 더구나 숨어있던 적의 본대도 훌륭하게 격파했습니다. 이보다 더 완벽하길 바라는 건 욕심입니다."

돌려서 표현하긴 했지만, 함장은 잃은 것보다 큰 성과를 얻었다고 말했다.

소행성 내부에 육전대와 기사 투입하고, 직접 함대를 움직여 숨어있던 용병단의 본대를 격퇴했다. 충분한 업적이었다.

클라우스는 고개를 들었다.

"저는 제가 할 수 있는 것을 했을 뿐입니다. 다만, 역시 기사장 자리는 제게 과분한 모양입니다."

"과히 겸손하시군요."

"안타깝지만 진심입니다."

함장은 어깨를 으쓱이고는 엠마에 관해 물었다.

"그래서, 기사장께서는 상관에게 반항한 기사를 어찌 처벌하실 겁니까?"

전시에 상관에게 반항했으니 원래는 벌을 받아야 마땅하지만, 클라우스의 생각은 조금 달랐다.

마침 지인을 잃어 실력 부족을 한탄하고 있는 것 같으니, 이를 이용하기로 했다.

(그 아이도 아무 일 없이 넘어가면 도리어 신경 쓸 테고.)

"이번 임무 중에 특별 훈련을 부과하겠습니다."

"기운을 빼서 다른 생각을 못 하게 하시겠다는 겁니까? 제법 관대하시군요."

"무슨 말씀인지 모르겠습니다만."

시치미를 뗀 클라우스는 아군의 손해를 조사하기 위해 주위에 영상을 투영했다.

피해가 적다고는 해도 전사자가 나왔다.

거기에는 자신을 잘 따르던 자넷 대위의 이름도 기재되어 있었다.

◇

며칠 뒤.

전투로 인해 발생한 데브리(잔해) 회수도 끝나지 않았는데 번필드가의 함대는 전사자를 애도하기 위해 함대를 출동시켰다.

의례용 제복으로 갈아입고 전사자들—— 동료들에게 경례했다.

엠마도 현장에 참석했으며 주위에는 다른 부대의 기사들이 늘어서 있었다.

"들었냐? 이번 전쟁의 주범이 용병단 조합의 간부 조직이래."

"벌처였나? 놈들쯤 되면 수천 척은 이끈다고 듣긴 했다만……."

"그렇다고 대놓고 제국에 싸움을 걸다니, 멍청한 놈들이군."

사로잡은 적 병사들을 심문해 소속 등이 서서히 밝혀졌다.

엠마는 조용히 귀를 기울였다.

기사들이 습격해온 집단의 이름을 말하는 걸 기다리고 있었다.

"이번에 싸운 놈들은 달리아라는 용병단이래."

"제7에서 뭘 할 생각이었을까?"

"뭔 신형기를 파괴하려 했다던데."

아탈란테를 파괴하기 위해 달리아가 제7에 침입했다는 이야기는 기밀사항이라 통지되지 않았다.

하지만 사람의 입에 문은 달 수 없어서 아군 사이에서 소문이 퍼지고 있었다.

"단장이 직접 쳐들어왔대."

"유명한 사람인가?"

"달리아 용병단의 시레나라고. 다른 곳에서는 이름이 널리 알려질 정도로 날뛴 인물이야."

"어차피 가명이겠지."

"근데 용병단이 우리한테 싸움을 걸 줄이야."

"번필드가는 용병단을 고용하지 않으니까, 걔들한테는 우리도 적으로 보이는 모양이지."

사실 번필드가는 용병단의 사정에 대해 자세히 알지 못한다.

이는 용병단을 고용하지 않고 자기들의 군사력만으로 문제를 해결해왔기 때문이다.

엠마는 조용히 이름을 중얼거렸다.

"시레나? 그렇구나, 사이렌은 가명이었구나……."

(언젠가 내가 반드시…….)

「중위, 이게 네이아에서 하는 최종 테스트야.」

"네."

소행성 네이아 부근에 있는 테스트 에어리어 공역.

개수가 끝난 메레아가 지켜보는 가운데 아탈란테의 최종 테스트가 진행되고 있었다.

우주에 떠다니는 암석 사이를 누비며 날아다니는 아탈란테는 당초의 테스트와는 비교도 안 되는 완성도를 자랑하고 있었다.

가볍게 암석을 피해 날아갔다.

그리고 페인트탄이 장전된 라이플을 쥐고 자세를 잡고 암석에 설치된 표적을 향해 총구를 겨눴다.

방아쇠를 당기자 페인트탄이 거의 중앙에 명중했다.

뛰어난 결과가 나올수록 파시의 심기는 몹시 복잡하게 꼬여갔다.

아탈란테가 완성되는 건 기쁘지만, 오롯이 자기 힘이 아닌 게 불만이었다.

완성도가 높은데 솔직하게 기뻐할 수 없는 것 같았다.

「다음은 기동기사를 투입합니다.」

"──네."

메레아에서 출격한 것은 연습기 모헤이브였다.

모헤이브 9기가 아탈란테를 둘러싸고 페인트탄을 장전한 라이플과 머신건으로 공격했지만, 아탈란테에는 스치지도 않았다.

아군의 통신이 들려왔다.

「이걸 뭔 수로 맞혀!」

「기체 성능이 사기급이잖아! 이래서 테스트가 되냐?」

「아, 나 격추당했다.」

의욕 없는 파일럿들의 기체에 아탈란테가 페인트탄을 차례차례 맞혀나갔다.

그렇게 테스트가 종료.

아탈란테가 메레아에 돌아갔는데 격납고가 이전보다 깨끗했다.

전보다 공간이 좁아졌지만 대신 설비가 충실했다.

기동기사 운용을 생각해서 쓰기 쉽게 되어 있었다.

아탈란테 전용 크래들에 도착하자 몰리가 암 종류를 조작해서 고정해갔다.

「엠마, 수고했어!」

"──수고했어."

콕핏에서 나온 엠마는 무중력 상태로 뒤돌아서 아탈란테를 올려다봤다.

그 표정은 피로했고 눈 아래에는 다크서클이 생겨 있었다.

몰리가 다가왔다.

"이야~, 최신 설비는 좋구나. 조작도 쉽고 쓰기 편해. 무엇보다 움직임이 다르니까! 정말 전부 다 매끄러워서 최고야!"

"잘됐네."

몰리는 쌀쌀맞은 엠마를 보고 약간 놀라면서도 웃는 얼굴로 말을 걸어줬다.

"아직 마음에 두고 있는 거야?"

"——응."

직전까지 대화했던 자넷 대위가 죽었다.

엠마에게는 의지가 되는 선배이자 생명의 은인이기도 하다.

그게 엠마를 괴롭게 하는 원인이 되었다.

몰리의 얼굴에서 웃음이 사라지고 걱정하는 얼굴로 위로해줬다.

"마음 써도 어쩔 수 없어. 나도 아는 사람이 몇 번 잃어봤지만, 질질 끌어도 좋을 게 없더라."

가볍게 말했지만, 몰리는 고통을 몇 번이나 극복해왔을 것이다.

항상 밝은 몰리의 이면에는 꺾이지 않는 강한 면이 있다는 걸 엠마는 알고 있다.

하지만 엠마는 아직 익숙하지 않았다.

"알고 있지만, 그때 그 아이를 더 잘 조종할 수 있었다면……."

몇 번이고 후회를 곱씹는다.

그런 엠마에게 떨어진 곳에서 뜻밖의 인물이 다가왔다.

"그건 너무 오만한 생각이군."

엠마가 나타난 인물을 보고 경례했다.

"기사장님……."

엠마가 중얼거리자 몰리도 상대가 누구인지 떠올리고 익숙하지 않은 경례를 했다.

기사복을 입은 클라우스가 무중력 상태의 격납고에서 날아와서 난간을 잡고 두 사람 앞에 섰다.

엠마는 뭔가 말하려고 했지만 먼저 입을 연 것은 클라우스였다.

"경항모 메레아에 배치할 기동기사가 결정됐다."

엠마는 사무적인 통지를 하는 클라우스를 이상하게 생각해 물었다.

"기사장님께서 일부러 직접 전하러 오신 건가요? 그런 사항은 메시지로 전달해도 괜찮지 않나요?"

몰리도 엠마 옆에서 손뼉을 쳤다.

"그것도 그렇네!"

기사장 앞에서 너무 무례하지만 클라우스는 몰리의 태도를 나무라지 않았다.

그는 살짝 쓴웃음을 지은 후, 클라우스는 엠마 앞에서 환하게 웃었다.

"즉 일부러 와야 할 이유가 있었다는 뜻 아니겠나. 로드먼 중위, 너와 이야기가 하고 싶었다."

"저와……?"

메레아 안에 있는 휴게소.

지금은 엠마와 클라우스 두 사람만이 사용하고 있었고 둘 다 마실 것을 준비하고 있었다.

클라우스가 메레아에 온 건 엠마와 이야기하기 위해서다.

"자넷 대위의 일은 안타깝게 됐다."

"네……."

"그녀는 규율에 조금 느슨한 구석이 있었지만 우수한 부하였다. 기동기사 부대를 이끌고 잘 싸워줬지."

3기 편제, 4개 소대로 이루어진 중대를 이끌고 싸우던 자넷은 클라우스가 의지하던 부하였다.

엠마가 눈물을 흘렸다.

"제가 대위를 죽음으로 몰았어요. 절 지키다가 전사하셨어요. 대위가 없었다면 전 지금쯤……."

클라우스는 울기 시작한 엠마의 등을 쓰다듬어주면서 이야기했다.

"저번에도 말했지만, 그녀가 죽은 건 내 책임이다. ……기사 또한 결국은 군인이다. 전장에 나가면 항상 죽음과 마주 봐야만 하지. 죽음을 당연하게 생각할 수는 없지만, 그래도 우리는 그걸 받아들여야 한다."

전장에 몸을 두는 건 늘 죽음의 그림자와 함께 하는 것이나 마찬가지다.

"……제가 대위의 원수를 갚겠습니다. 달리아 용병단의 시레나라는 그자는 반드시 제가 쓰러뜨릴 겁니다."

그렇게 선언하는 엠마에게 클라우스는 목소리를 약간 낮추고 말했다.

"임무에 사사로운 감정을 품겠다는 건가?"

"그, 그치만……!"

클라우스는 엠마의 복수를 부정할 생각은 없는 듯했다.

"네가 어떻게 하든 네 마음이지만 사적인 감정을 품으면 언젠가 주위에 폐를 끼치게 될 거다. 네 사적인 원한 때문에 아군이 죽는 순간이 오면, 그때는 정말 어떻게 할 생각이지?"

그런 질문을 받은 엠마는 클라우스의 얼굴을 똑바로 볼 수 없었다.

그래도 허세를 부리며 대답했다.

"……폐는 끼치지 않습니다."

"그러면 좋겠지만 네 멋대로 한 행동에 피해를 보는 건 아군이다. 그리고 군에 있으면 언제고 아군은 죽는다. 넌 그때마다 복수할 생각인가?"

"!"

엠마가 아무 말도 못 하고 있으니 클라우스는 벤치에서 일어났다.

"네가 어떻게 할지는 네가 정할 일이다. 상사로서는 복수에 얽매이지 않고 임무를 수행해줬으면 하지만."

엠마가 말없이 있으니 클라우스는 부드럽게 말했다.

"더 강해져라. 넌 그만한 재능과 힘을 가지고 있다."

"저로서는 도저히……."

부정하려고 하자 클라우스는 팔짱을 꼈다.

"너무 과소평가 하는군. 군은 아무 재능도 없는 기사에게 시작 실험기처럼 고급기를 맡기지 않아."

"하지만 전 약한데요……."

클라우스의 말을 들어도 엠마는 자신감을 가지지 못하는 것 같았다.

클라우스는 작게 한숨을 쉬고는 어쩔 수 없다는 표정을 지었다.

"그렇다면 강해져라. 그리고 출세해라."

"네?"

강해지는 건 이해가 되지만, 엠마 안에서 출세하는 게 복수와 무슨 관계가 있는지 이해가 안 됐다.

클라우스는 그런 엠마를 타일렀다.

"상관이 무능하면 아군이 죽는다. 우수한 지휘관은 더 많은 아군을 구하는 법이다. 아군을, 그리고 동료를 지키고 싶다면 너 자신이 강해져서 출세해라."

"제가 출세……."

클라우스의 설명으로 납득한 엠마는 작게 고개를 끄덕였다.

"……네."

그걸 보고 클라우스는 약간 안심한 표정을 지었다.

그리고 또 하나의 이야기를 했다.

"알아들었다면 이제 상층부의 결정 사항을 전달하지. 아탈란테 프로젝트를 누군가가 노리는 걸 알아낸 이상, 연구를 위해서라도 호위가 필요하다는 의견이 나왔다."

"호위라 하시면……?"

갈피를 못 잡은 엠마는 클라우스가 무슨 말을 하고 싶은 건지 헤아리지 못했다.

클라우스는 미소를 지었다.

"메레아에 신형 양산기가 배치될 거란 뜻이다."

엠마가 당황해서 일어났다.

"그러면……!"

"시작실험기의 개발과 메레아의 활약에 기대하고 있다. 앞으로도 힘쓰도록."

메레아── 변경 치안 유지 부대, 시작실험기 아탈란테 개발팀에 제7병기공장의 신형기가 배치되게 되었다.

엠마는 눈을 반짝였다.

클라우스가 할 일을 다 하고 떠나려고 하자 엠마가 그의 등에 말을 걸었다.

"저, 저기! ──자넷 대위의 전언입니다. 오래 못 봐서 미안하다고."

그렇게 전하자 클라우스는 멈춰 서서 등을 돌린 채로 천장을 올려다봤다.

"──그런가."

잠시 후, 클라우스는 자넷과의 추억을 이야기했다.

"나한테는 아까운 우수한 부하였지. 그리고 날 잘 따라줬다. 이런 나에게 기대하고 출세시켜주겠다고 했지. 오래 볼 것 같으니까 사이좋게 지내자고 했고."

클라우스의 목소리는 약간 떨리는 것처럼 들렸다.

"——나 참, 상관한테 거짓말을 하다니, 곤란한 부하야."

◇

신형기 수령일.

개수가 끝난 메레아의 격납고에는 파일럿과 정비병 외에도 함내 크루가 모여 있었다.

신형 양산기 수령을 이제나저제나 하고 고대하고 있었다.

그건 제3소대 사람들도 마찬가지였다.

"더그 씨와 래리는 좀 진정해."

질려버린 몰리의 시선 끝에는 안절부절못하는 두 사람이 있었다.

두 사람은 쉴 틈 없이 격납고 안을 서성였다.

"몰리는 이러는 우리가 이해가 안 되겠지만, 새 기체를 받는 건 다들 처음 겪는 일이라고. 어떻게 진정하라는 거야."

군 생활을 오래 한 더그도 신형기를 타는 건 처음이라고 한다.

몰리는 평소에는 삐딱한 주제에 차분하지 못한 래리를 봤다.

"래리도 상층부에 대해 이깃저것 불평하지 않았던가?"

"이거랑 그건 다르잖아!"

"뭐가 달라."

진정하지 못하는 남자들을 앞에 두고 몰리는 한숨을 쉬었다.

그때 열린 해치로 격납고로 뛰어 들어온 엠마를 알아차리고 일어섰다.

엠마는 웃는 얼굴로 양손을 흔들고 있었다.

"엠마!"

"여러분! 신형기가 왔어요! 공장 측이 서둘러 운반해줬어요!"

격납고 안의 분위기가 밝아졌다.

신형기가 배치된다는 건 결정되어 있었지만, 어느 부대에 어떤 기체가 배치될지 세부 조정을 하고 있었던 것 같다.

신형이라고 해도 제7병기공장에는 다양한 기종이 있다.

그중에는 제7에서 나온 것 치고는 외형이 멀쩡한 기체도 존재했다.

래리가 드물게도 주먹을 쥐고 승리의 포즈를 취했다.

"잘했어, 대장님! 그래서 기체는?!"

기분이 좋은지 엠마를 대장이라 불렀다.

모두가 기체를 학수고대하고 있으니 차례차례 운반되어 왔다.

그 모습을 보고 크루들의 열기가 서서히 식어갔다.

엠마와 몰리는 그런 건 개의치 않고 떠들었다.

"신형 라쿤을 수령했어요! 최신형 양산기예요!"

"엠마, 잘했네! 진짜 최신형이잖아!"

"고마워~! 사실 내가 무슨 말을 하기도 전에 멋대로 정해진 거지만!"

몰리가 엠마에게 안겨 칭찬하고 있으니 기체와 함께 드워프 기술자가 부하들을 데리고 함내에 왔다.

"안녕하심까~, 제7의 기술 지도원 일동입니다. 당분간 신세 지겠네."

그런 그들을 보고 싫어하는 표정을 짓는 사람은 아탈란테 주변에 있던 제3병기공장의 스태프── 특히 파시였다.

"돌아가! 애초에 왜 제7의 스태프가 타는 건데?"

"라쿤은 최신형이니, 실사용 데이터를 기록해야 하거든. 물론 기술 지도도 할 거니까, 한동안은 한배를 타야 한다는 거지. 잘 부탁한다."

헤실헤실 웃는 드워프를 보고 파시는 얼굴을 돌렸다.

래리와 더그는 어깨를 축 늘어뜨리고 이야기하고 있었다.

"결국 이런 결말이군요. 신형 중에도 좀 더 멋진 게 있을 텐데."

"성능이 전부가 아닌데 말이지. 난 그 뭐냐, 더 강해 보이는 기체를 타고 싶었다. 거칠고 굳센 느낌을 주는 거 있잖아? 그런 면에서 라쿤은 좀…… 둥글둥글하단 말이지……."

라쿤의 외관은 아무래도 기사 이외의 사람에게도 평판이 안 좋았다. 둥글둥글한 실루엣은 투박함보다 귀여움이 부각되었다.

기대했던 만큼 실망도 컸다.

래리는 아직 납득하지 못했다.

"이 녀석을 가져올 바에는 테우멧사였나? 그거에 어시스트 기능을 탑재해주면 좋을 텐데."

더그도 가망 없는 희망을 이야기했다.

"그런 슬렌더한 기체가 취향이었냐? 난 좀 더 네모나고 남자다운 기체가 좋다만."

신형기 수령은 반길 일이지만, 외관이 너무 독특했다.

묘하게 납득하지 못하는 두 사람과 메레아의 크루들이었다.

◇

"그토록 바라던 신형이 보급됐는데, 다들 미묘한 표정이에요."

제7의 도크 안에 있는 휴게실.

엠마는 클라우스와 둘이서 이야기하고 있었다.

"라쿤은 내 부하들 사이에서도 평판이 안 좋았다. 성능은 좋은데 외형이 좀……. 첸시 녀석도 끝까지 거부해댄 탓에 결국 나도 내 테우멧사를 양보할 수밖에 없었지."

"예?! 그걸 넘겨주셨다고요? 테우멧사는 경쟁률이 높아서 원한다고 받을 수 있는 게 아니라던데요."

"나한테 어시스트 기능이 없는 테우멧사는 과분하니까 차라리 잘된 일이었다. 조종은 어시스트 기능이 붙은 라쿤이 훨씬 쉬우니까."

테우멧사는 에이스를 고려해 극단적으로 만든 탓에 조종이 어렵고, 라쿤은 일반병부터 에이스까지 폭넓게 대응하는 확장성 있는 기동기사다.

엠마와 클라우스 입장에서는 테우멧사보다 라쿤의 평가가 더 높다.

하지만 모든 부대 사람이 그렇게 생각하는 건 아니었다. 엠마의 어깨가 축 처졌다.

엠마는 클라우스의 기체에 관해 이야기했다.

"기사장님의 라쿤은 커스터마이즈가 되어있나요?"

"나 같은 경우에는 옵션 파츠 설치만 하니 커스터마이즈라 부를만한 정도는 아니지. 전용 커스텀 기체를 받는 사람은 그야말로 손에 꼽는 에이스들 뿐이다."

활약한 자에게는 그에 걸맞은 대우를, 그것이 번필드가의 방침이다.

커스텀기도 그 대우 중 하나다.

"하지만 다른 기체와는 다르다는 건 참 좋죠. 커스텀기도 동경해요."

"아탈란테는 사실상 네 전용기나 마찬가지 아닌가? 커스텀보다 더 공이 들어간 기체이니. ──그럼, 슬슬 시간이 됐군."

벤치에서 일어선 클라우스는 엠마에게 경례했다.

"본성에 돌아가면 이 함대도 해산이다. 다음에 만나는 게 언제가 될지 모르겠지만, 살아서 볼 수 있으면 좋겠군."

엠마도 경례했다.

"네."

살아서 볼 수 있으면 좋겠다. 이 말의 무게를 이해할 정도로 엠마도 성장했다.

기사는 언제 어디서 죽을지 모른다.

다음에는 둘 중 하나, 혹은 둘 다 죽었을지도 모른다.

언제 다시 만날 수 있을지도 모르고, 어쩌면 이번이 마지막일 수도 있다.

"아탈란테가 완성되길 기도하지."

"그럼 전 기사장님이 출세하도록 기도할게요."

"응……?"

엠마는 고개를 갸웃하는 클라우스에게 자넷 대위의 소원을 전했다.

"대위가 말했어요. 기사장님은 더 위에 갈 수 있을 거라고."

클라우스는 전 부하의 기대를 알고 약간 쑥스러워했다.

동시에 잃은 부하에 대한 슬픔이 느껴지는 듯한 표정을 보였다.

"과대평가야. 난 할 수 있는 일을 할 뿐이다. 하지만 마음은 받아두지."

둘은 그렇게 말하고 헤어졌다.

개수 후의 메레아의 한 방.

개발팀이 들어가 있는 그 방에는 다양한 설비가 준비되어 있었다.

계측기 종류 외에 아탈란테의 정보를 실시간으로 표시하는 모니터가 수없이 준비되어 있었다.

개발책임자인 파시가 모니터에 비치는 엠마와 대화하고 있었다.

"로드먼 중위, 이게 마지막 테스트가 될 거야. 이 계획이 성공 여부가 이 결과에 달려있어."

「알겠습니다.」

제7에서 개수를 받은 지 약 2년.

메레아를 기함으로 한 전 변경 치안 유지 함대는 아탈란테 개발을 지원해 왔다.

경항모 한 척.

순양함 한 척.

구축함 네 척.

우주군의 규모를 생각하면 작지만 단 한 기의 기동기사를 개발한다면 걸맞은 함대라고도 할 수 있다.

파시는 지금까지를 떠올리고 그리운 듯이 미소 지었다.

"그동안 여러 일이 있었지. 나는 너한테 감사하고 있어."

「에헤헤.」

부끄러워하는 엠마를 본 개발팀 사람들은 긴장이 풀릴 것 같았다.

난해한 아탈란테에 베테랑이 아니라 아직 앳돼 보이는 여자아이가 탑승한 모습이, 굉장히 언밸런스하게 보였다.

보통 테스트 파일럿은 경험이 풍부하고 재능이 있는 기사가 맡는데, 아탈란테를 움직일 수 있는 사람은 사실상 엠마뿐이었다.

"이번 테스트가 끝나면 개발팀도 해산이야."

「들었어요. 제3병기공장으로 돌아가는 거죠?」

"맞아. 아탈란테의 후계기를 개발할지는 불명이지만 신형기 개발에 관여하게 되겠지."

개발팀도 이번 결과에 상관없이 해산이 결정되어 있다.

그건 아탈란테 개발이 일단락되었다는 증거이기도 했다.

파시는 엠마에게 말했다.

"언젠가 아탈란테를 뛰어넘는 기체를 만들 생각이야. 그때는 제일 먼저 너한테 보내줄 테니까 그때까지 죽지 마."

「아직 이 아이의 테스트도 안 끝났는데요?」

파시는 난처한 얼굴로 웃는 엠마를 신뢰했다.

"너라면 성공할 거라고 믿고 있어. 그럼 테스트 부탁할게."

「네.」

메레아의 격납고에서 사출된 아탈란테는 오른손에 아탈란테 전용 무장을 장비하고 있었다.

길쭉한 다목적 라이플로, 연사와 저격이 모두 가능하며 실탄과 광학병기를 겸하고 있기에 몹시 고가의 장비였다.

아탈란테가 통상 모드로 암석이 떠다니는 구역으로 가서 준비된 표적을 향해 사격했다.

이동 사격인데도 명중률이 뛰어났다.

자칫 잘못하면 떠다니는 암석에 충돌해서 아탈란테에도 큰 대미지가 들어올 것이다.

그런 가운데 표적을 향해 사격한다는 것은 파일럿에게도 큰 부담이다.

엠마는 그런 일을 해내고 있었다.

파시의 부하가 엠마의 스코어를 보고 기분 좋게 입을 열었다.

"중위는 사격에 센스가 있네요. 좋은 스코어에요."

엠마는 전반적으로 평균적인 실력에 근접 전투 실력이 조금 뒤떨어지지만, 대신 최근 들어 사격 실력이 향상되고 있다.

파시가 그 이유를 이야기했다.

"당연하지. 개수 후부터 중위는 계속 엄격한 훈련을 해왔어. 결과가 나오지 않으면 곤란하지."

곤란하다고 하면서도 꽤나 기뻐했다.

파시도 엠마의 노력을 봤고, 결과가 나와 기쁠 것이다.

부하들이 서로의 얼굴을 보며 웃고 있으니 테스트가 다음 단계로 이행됐다.

"가상의 적 라쿤 부대를 투입합니다. 로드먼 중위는 오버로드 상태로 이행해 주십시오."

「알겠습니다!」

아탈란테가 빛나기 시작하자 관절부에서 노란 방전 현상이 발생했다.

메레아에서 봐도 현저하게 가속한 아탈란테가 장애물투성이인 구역을 누비듯이 날아다녔다.

아탈란테의 궤도가, 노란빛이 잔상이 되어 선으로 보였다.

파시가 팔짱을 꼈다.

"정말 대단해. 아탈란테와 마주치는 적들은 악몽이 따로 없겠지."

메레아 소속 1중대 3소대의 파일럿인 더그는 라쿤에 타고 있었다.

어썰트라이플에 든 페인트탄은 상대에게 명중해도 아무런 대미지가 없건만, 더그는 긴장감에 식은땀을 흘리고 있었다.

"아가씨가 온다, 래리!"

오버로드를 사용한 아탈란테가 얼마나 강력한지, 이제는 모두가 뼈저리게 잘 알고 있다.

지금까지 여러 번 테스트를 반복했지만, 과부하 상태인 아탈란테는 당해낼 수가 없었다.

아군기인 래리가 탄 라쿤이 공격을 시작했다.

「알고 있다고요!」

래리는 라이플로 저격했지만, 장애물이 많은데다가 빠르게 도망 다니는 탓에 조준할 여유가 없었다.

페인트탄이 암석에 명중해서 파란 페인트를 쏟아냈다.

그 모습을 보고 더그가 호통쳤다.

"그러니까 노리지 말고 탄막을 펼치라고 했잖아!"

더그의 라쿤은 어썰트라이플로 페인트탄을 흩뿌렸다.

주위의 암석이 페인트탄으로 파랗게 물들어갔지만 아탈란테는 단 한 발도 맞지 않았다.

그렇게 탄창이 텅 빈 순간, 아탈란테가 빈틈을 노리고 빠르게 접근해왔다.

"가차 없네, 아가씨!"

더그가 불평하자 래리가 앙갚음하듯이 호통쳤다.

「그렇게 쓸데없이 탄을 쓰니까 빈틈을 찔리지!」

엠마의 아탈란테는 다목적 라이플을 겨누더니 더그의 라쿤의 중앙── 콕핏에 두 발의 페인트탄을 쏘았다.

더그의 라쿤이 빨간 페인트로 색칠되자 시스템이 보고했다.

「콕핏 직격 판정입니다.」

"젠장!"

기체의 기능이 정지하자 더그가 자신의 한심함에 그렇게 내뱉었다.

허무하게 우주를 부유하고 있으니 곧 래리의 비명이 들려왔다.

「아악! 뒤로 돌아가서 쏘기 있냐?!」

아틸란테가 속도로 후방을 점령한 모양인지, 비겁하다며 소란을 피웠다.

이윽고 격추당해 기능이 멈추자, 래리도 불평을 쏟아냈다.

「저런 괴물을 어떻게 이기라는 거야! 아무리 라쿤의 성능이 좋아도, 쟤는 격이 다르잖아!」

이런 테스트는 무의미하다고 우기는 래리에게 한가해진 더그가 말을 걸었다.

"어차피 저런 걸 몰 사람은 아가씨 정도밖에 없어. 라쿤으로도 안 되면 뭘 가져와도 마찬가지야."

라쿤은 최신예 양산기인 만큼 아주 우수한 성능을 자랑한다. 그런 라쿤도 통하지 않는다면, 다른 기체는 어림도 없을 것이다.

「그야 그렇겠지만……!」

더그는 콕핏 안에서 시트의 감촉을 확인했다.

"……근데, 이것도 탈수록 괜찮게 느껴지지 않나? 아니, 확실히 좋은 기체야. 모헤이브와는 차원이 달라."

양산기의 대명사로도 불렸던 모헤이브와는 콕핏 안부터 딴판이었다.

래리도 드물게 동의했다.

「뭐, 나쁘진 않네요. 최신예 기체가 이렇게 대단할 줄은 몰랐는데 말이죠. 그런데 왜 하필 외관이…….」

중후한 느낌은 있지만 유감스럽게도 외관이 기사와 군인 취향이 아니다.

하지만 성능에 감동한 더그는 이제 외형조차도 마음에 들기 시작했다.

"그러냐? 난 계속 보다 보니 또 괜찮은 것 같던데……."

「허, 농담이죠……?」

두 사람이 이야기하는 사이에 테스트는 끝난 듯했다.

통신으로 다른 아군 기체의 불평이 들려왔다.

「아 진짜. 기사가 탄 기동기사를 상대할 거면 적어도 같은 기사급이 상대해야 하는 거 아니야?」

「내 말이.」

「꿈 깨라. 우리 부대에 이 이상 기사가 파견되겠냐.」

입이 험한 같은 부대 파일럿들은 각자 불만을 말하고 있었다.

더그는 생각했다.

(다른 녀석들도 이전보다 어느 정도 밝아지긴 했지만 그래도 적극적으로 훈련을 할 정도는 아니군.)

함정과 기동기사는 최신예로 바뀌었지만, 승무원의 수준이 낮았다.

더그는 그걸 누구보다도 실감하고 있었다.

(아가씨 같은 사람은 빨리 의욕 있는 부대로 전속시켜주고 싶은데…….)

엠마는 이대로 자기들과 같이 썩기보다는 다른 부대로 가야 한다고 생각했다.

콕핏 안에 가져온 사진을 봤다.

그 사진에는 전사한 연인과 동생이 찍혀있었다.

더그는 손을 뻗었다.

(저 아가씨를 보고 있으면 아무래도 너희를 떠올리게 돼. 나도 아직 너희를 마음에 두고 있는 거겠지.)

◇

용병 협회 본부.

벌처라 불리는 용병단에서는 사문회가 열리고 있었다.

총단장이 추궁하는 상대는 간부 조직 중 하나인 달리아의 단장 시레나였다.

"시레나, 넌 용병 협회에 큰 문제를 가져왔군. 설마 제국의 제7병기공장에 싸움을 걸 줄은 몰랐다. 제국과 병기공장, 끝내는 귀족들의 항의가 얼마나 빗발쳤는지 알아?"

총단장이 추궁했지만 시레나는 자기와는 상관없다는 표정이었다.

"그거 실례했습니다."

"2년이나 안 보이다가 문제만 잔뜩 가져온 주제에 말은 잘하는군."

"어라? 상납금은 모두 냈을 텐데요?"

다른 간부들이 시레나에게 굉장히 불쾌하다는 표정을 지었다.

총단장이 시레나에게 물었다.

"네 용병단은 수가 크게 줄어있었지? 간부 조직 조건에 미달 사항이라고 생각하는데, 어떤가?"

번필드가에 약 1,000척이나 격파당한 달리아 용병단은 그 수가 크게 줄었다.

하지만 시레나는 여유로운 웃음을 보이고 있었다.

"소식이 늦군요. 전력 보충은 진작에 끝냈어요. 제7의 일을 한 후에 본업으로 벌었으니까요. 오히려 수만 보면 이전보다 늘었죠."

잃은 함대는 보충을 끝냈다.

이는 거짓말이 아닌 사실이었다.

제7병기공장을 습격한 후에 귀족끼리 싸우는 전장에서 일했다.

그때 전력을 보충했다.

총단장이 입꼬리를 올렸다.

"그 어중이떠중이들 말인가? 잔챙이들을 그러모아 쓸만하게 될 때까지 시간이 얼마나 걸릴까? 2년으로는 한참 부족해 보이는데?"

급격하게 수를 늘린다고 해도 쓸 수 있게 될 때까지는 시간이 걸린다.

그건 시레나도 실감하고 있었지만, 약점을 보여줄 수는 없으니 허세를 부려야했다.

"성과를 보면 제대로 작동하고 있지 않나요? 이 이상 무엇을 요구할지 이해할 수 없군요."

다른 간부들이 시레나를 노려보고 있었다.

모두 용병 협회의 간부들이지만 딱히 같은 편도 아니다.

가끔은 서로 싸우기 때문에 모두 라이벌이다.

간부 조직이 아닌 용병단도 많이 존재하며 간부를 쫓아내고 그 자리에 자신이 앉을 계획을 짜고 있는 자는 많다.

이곳은 가혹한 경쟁사회를 이겨낸 용병들이 모이는 곳이다.

총단장이 시레나에게 말했다.

"들을 생각이 전혀 없군. 제7에서 온 클레임은 협회 쪽에서 대처해주지. 하지만 너희는 앞으로 제7을 이용할 수 없다는 것만은 머리에 넣어둬라."

"네, 각오하고 있었어요."

원래부터 제7과는 앞으로 엮이지 않을 생각으로 의뢰를 받았다.

시레나를 추궁하는 강도가 약해지고 의제가 다른 것으로 넘어갔다.

어디서 싸움이 격해지고 있다~ 등의 이야기가 진행되는 가운데, 시레나는 웃음을 짓고 있었지만, 속이 부글부글 끓고 있었다.

(번필드의 기사놈들 덕분에 온갖 고생을 했어. 첸시야 어쨌든 함대를 지휘한 녀석은 무시할 수가 없어. 어디서 그런 사람이 나온 건지……. 그리고 무엇보다…….)

물러터진 이상을 품은 기사를 목표로 한 소녀가 묘하게 용서가 안 됐다.

(엠마 로드먼……! 전장에서 재회했을 때는 각오해라.)

행성 하이드라.

번필드가의 본성이며 영주의 방침으로 자연과의 조화를 중요하게 여기고 있는 행성이다.

우주에서 보면 대단히 아름다워 관광객들이 우주항에서 발길을 멈추고 바라볼 정도다.

그런 하이드라에는 번필드 백작의 저택이 있다.

광대한 저택은 하나의 도시라 할 만한 넓이와 기능을 가지고 있었다.

그 안에는 기사들이 일하는 건물도 존재한다.

외관에 신경 쓴 빌딩 안.

통신실에 온 「클로디아 베르트랑」 대령은 수도성에서 임무를 맡은 상관 크리스티아나와 이야기를 하고 있었다.

하얀 기사복을 입고 등을 꼿꼿이 펴고 보고하는 모습은 실로 군인다웠다.

파란 머리카락과 파란 눈동자에 하얀 피부.

기가 세 보이는 얼굴은 무표정이면 다른 사람에게 차가운 인상을 줄 것이다.

클로디아는 예전에 엠마의 교관을 맡았던 여기사다. 현재는 교관직에서 물러나 하이드라에서 기사단의 총괄역을 맡고 있었다. 군 계급은 대령이지만, 어엿한 기사단의 간부이다.

227

그녀의 상관인 크리스티아나는 번필드가를 지탱하는 여기사로서, 현재 주군과 함께 수도성에 있다.

크리스티아나는 하이드라의 관리를 부하와 측근들에게 맡겼는데, 클로디아도 그중 한 사람이었다.

클로디아는 여느 때처럼 정기 보고를 올렸다.

"——영내의 상황은 이상입니다. 가끔 눈치 없는 어리석은 해적들이 쳐들어옵니다만, 그 외에는 다가오지도 않습니다."

담담하게 보고를 끝냈는데 모니터 너머에 있는 크리스티아나의 표정이 좋지 않았다.

딴생각하는지, 듣는 태도가 영 건성이었다.

드문 반응에 클로디아는 속으로 무슨 문제가 있었는지 되짚어 보기 시작했다.

보고한 내용은 평소와 그다지 변함없다.

크리스티아나를 고민하게 할 만한 큰 문제도 없었다.

영내가 문제없이 완벽하게 도는 건 아니지만, 이 정도는 통상 수준이다. 결국 딱히 짚이는 요인이 없었다.

결국 상관의 고민스러운 표정이 신경 쓰여 원인을 물었다.

"크리스티아나 님, 뭔가 마음에 걸리는 일이라도?"

크리스티아나는 부하가 걱정하게 만든 것을 부끄럽게 여기는 건지 약간 자조했다.

고민하고 있다는 게 얼굴에 드러났을 줄은 몰랐을 것이다.

평소와는 상태가 다른 상관을 보고 클로디아는 수도성에서 했을 고생을 헤아렸다.

(제국의 수도쯤 되면 이매망량들의 소굴. 그런 곳에서 그분을 곁에서 보좌하려면 상당한 고생이겠지.)

크리스티아나는 표정을 풀고 평소의 목소리로 클로디아에게 사과했다.

「미안해. 보고는 다 들었어. 자세한 사항에 대해서는 저도 나중에 한 번 더 확인 할게.」

클로디아와 다른 이들이 하이드라에서 정리한 보고서는 수도성에 있는 크리스티아나 일행에게 전달되어 있었다.

번필드 백작가의 규모 정도 되면 전자 데이터로 정리된 보고서의 수도 방대하다.

아무리 강화되어 초인이 된 기사라도 그 모든 것을 훑어보는 건 고생이다.

평범한 기사들은 하루를 들여도 보고서를 다 읽지 못할 것이다.

크리스티아나는 그런 걸 아무렇지도 않은 듯이 나중에 확인해 두겠다고 태연하게 말했다.

실제로 나중에 전부 확인할 것이다.

크리스티아나는 수도성에 있어도 하이드라의 상세한 정보를 항상 머리에 집어넣고 있다. 마치 최근까지 하이드라에 있었던 것처럼 흐름을 낱낱이 파악하고 있다.

애초에 클로디아가 하는 보고도 서류로는 올라오지 않는 정보를 얻기 위해서였다.

항상 최신 정보를 입수하고 주군을 보좌하는 것이 바로 크리스티아나다.

(이 사람에겐 못 당하겠어.)

클로디아도 굉장히 우수한 기사이지만, 크리스티아나는 격이 달랐다.

그런데, 크리스티아나조차도 수도성의 생활은 쉽지 않은 모양이었다.

클로디아는 피로한 모습을 보고 몸 상태를 염려했다.

"수도성의 임무로 이미 바쁘시지 않습니까? 쓰러지시기 전에 휴가를 받아 쉬시는 게 좋을 것 같습니다."

클로디아로서는 신뢰하는 상관을 걱정하고 농담한 것이었다.

「그렇게 지쳐 보여?」

크리스티아나가 약간 놀라면서 묻자 클로디아가 피식 웃었다.

"네."

긍정하자 크리스티아나는 작은 한숨을 쉬고 반성했다.

부하인 클로디아에게 한심한 모습을 보인 게 부끄러웠을 것이다.

동시에 부하를 걱정시킨 자신이 용서가 안 되기도 하는 듯했다.

「부하가 신경을 써야 할 정도라니, 안 되겠네.」

"제대로 쉬어주십시오. 쓰러지시면 저희가 곤란하니까요."

아부가 아니라 크리스티아나를 대체할 사람은 번필드가에 없었다.

능력만 보면 대신할 사람이 한 명 있긴 하지만, 클로디아는 그 사람에게 의지한다는 발상 자체가 아예 없었다.

하지만 크리스티아나는 휴가를 받을 생각이 없는 듯했다.

「안타깝지만 휴가는 어려울 것 같아. 그보다, 아탈란테 개발이 성공했다지?」

두 사람의 입장에서는 인상 깊은 시작실험기 이야기를 꺼냈다.

문제가 있는 결함기 개발이 무사히 종료된 만큼—— 크리스티아나와 클로디아가 군이 화제로 꺼낼 필요도 없는 이야기다.

다만 두 사람에게는 관련 있는 이야기이기도 하다.

클로디아의 입장에서는 제자가 이룬 성과였다.

——엠마 로드먼 중위.

그녀의 전 교관인 클로디아는 표정은 바꾸지 않았지만 내심 기뻐하고 있었다.

전 제자가 무사히 큰일을 완수한 것을 자랑스럽게 생각했다.

"그 아이가 어려운 임무를 완수해줬습니다. 하지만 승진은 미리 했으니 이번에는 성공 보상을 주고 긴 휴가를 줄 예정입니다."

아탈란테 개발을 성공시킨 공적은 커서 충분히 출세시킬 이유가 된다.

하지만 엠마는 아탈란테 개발에 관여하기 전에 승진과 승격을 했다.

소위에서 중위로.

기사 랭크는 D에서 B로.

2년이라는 시간이 지났지만 클로디아는 승진도 승격도 시킬 생각이 없었다.

이는 괴롭힘이 아니라 순수하게 클로디아가 엠마를 걱정해서 내린 판단이다.

급격한 출세와 승격은 엠마에게도 큰 부담이 된다.

당연하게도 출세하면 책임이 커진다.

야심이 커서 승진과 승격을 서두르는 기사도 있지만, 클로디아가 보기에 엠마는 그런 타입이 아니었다.

그런 엠마에게는 무리하게 부담을 늘리지 않는 편이 좋다고 판단했다.

그 대신 휴가와 금일봉을 줘서 쉬게 하려는 게 클로디아의 계획이다.

크리스티아나도 같은 의견인 듯했고, 클로디아의 속마음을 헤아리고 있었다.

크리스티아나는 미소를 짓고 있었다.

「승진을 서두를 필요도 없지. 당분간은 중위로서 소대를 이끄는 일에 집중하게 해줄까.」

갑작스러운 출세가 본인에게 도움이 안 되는 경우도 있다.

유능하다면 문제없지만, 엠마는 파일럿으로서는 초일류라도 기사로서는 서투르다.

출세욕도 강한 편이 아니기 때문에 이번에는 승진을 미루는 게 좋을 것이라고 봤다.

하지만 크리스티아나는 클로디아의 제안 전부를 받아들이지 않았다.

「하지만 휴가는 줄 수 없어.」

클로디아는 시선을 떨구고 딱딱한 표정을 짓는 상관에게 의문을 품었다.

엠마와 부대를 생각하면 쉬도록 해야 한다고 생각해서 항의했다.

"2년간 수행한 임무를 막 끝낸 참이니 어느 정도의 휴가는 필요합니다. 무리시킬 이유는 없다고 생각합니다만?"

클로디아는 자기 생각이 틀렸는지 상관에게 물었다.

크리스티아나는 작게 한숨을 쉬면서 이유를 이야기했다.

「그분이 제국의 제2황자인 라이너스 전하와 본격적으로 싸우시기로 정하셨어. 당분간은 군도 엄청 바빠질 거야.」

알그란드 제국의 제2황자와 싸운다.

같은 제국의 백작과 제2황자가 적대하여 정쟁을 벌인다는 것을 의미했다.

제2황자와 정쟁 상태에 들어간다는 말을 듣고 클로디아는 눈을 크게 뜨며 놀랐다.

번필드가는 지금까지 수도성에서 벌어지는 정쟁에 관여하지 않았던 가문이다.

이제 와서 정쟁에 뛰어든다는 게 믿기지 않았지만, 크리스티아나가 거짓말을 한다고는 생각할 수 없었다.

(그분이 정말로 제2황자와 싸운다고 정하셨다면…… 계승권 다툼인가!)

제2황자와 싸우는 이유는 금방 짐작이 됐다.

"후계자 다툼에 관여하는 겁니까?"

「그래.」

시원스럽게 인정하는 크리스티아나는 이미 정쟁 준비를 시작했을 것이다.

클로디아는 크리스티아나가 지친 이유를 이때 알았다.

"크리스티아나 님이 피로했던 원인이 그것이었군요. 확실히 제2황자의 파벌과 싸우게 되면 군도 쉴 수 없겠죠."

클로디아도 엠마와 모두에게 장기 휴가를 줄 여유가 없다는 걸 깨달았다.

어찌 됐든 상대는 제국의 제2황자다.

제2황자 라이너스를 지지하는 귀족들은 많으며 수도성에서는 큰 파벌을 만들고 있다는 소문은 클로디아에게도 전해져 있었다.

그런 제2황자와 싸우게 되면 기사인 자기들도 바빠질 것이라는 걸 쉽게 상상할 수 있었다.

기사가 활약하는 장소는 딱히 전장만이 아니다.

그 초인적인 능력을 살려서 관료로서 일하는 자도 많이 있다.

크리스티아나는 엠마 일행에게 줄 임무를 이야기했다.

「전 아탈란테 개발팀이 제7병기공장에서 정비를 받도록 해. 거기서 특별한 임무를 수행하는 함대와 합류시킬 거야.」

제7병기공장에 함대를 집결시킨다는 말을 듣고 클로디아는 이상하게 생각했다.

왜 제7병기공장에 함대를 집결시키는 걸까?

"하이드라가 아닌 제7에서 말입니까?"

「중위와 다른 사람들한테 제7은 2년 만이려나?」

2년 전에 아탈란테와 모함 메레아를 개수한 참이다.

엠마 일행에게는 2년 만에 제7로 가는 것이 된다.

"네, 그때 용병단의 습격을 받았죠."

용병단이 제7병기공장을 습격했다는 이야기는 유명하다.

마침 거기에 있었던 번필드가의 함대가 피해를 최소한으로 억제했다.

클로디아도 아군의 활약을 듣고 자랑스럽게 여겼다.

그 싸움의 보고서를 읽은 크리스티아나는 기쁜 듯이 미소 짓고 있었다.

「중위는 그 싸움에서도 활약했다지? 전 교관으로서 제자의 활약이 기쁘지 않아?」

놀림 받은 클로디아는 볼을 약간 빨갛게 물들이면서 긴장한 표정을 지었다.

"전 교관으로서는 미숙했으니, 제자의 활약은 본인의 역량에 따른 것입니다."

솔직하게 제자의 활약을 기뻐하지 않는 부하를 보고 크리스티아나는 재미없어했다.

「여전히 딱딱하네. ──농담은 이만할까.」

크리스티아나가 모니터 너머로 클로디아를 진지하게 바라봤다.

「아탈란테의 모함 메레아는 본래의 임무를 개시합니다.」

"본래의 임무? 특별 임무와는 다른 일인가요?"

원래 메레아는 변경 치안 유지를 목적으로 한 경항모지만 크리스티아나의 말을 들어보면 다른 임무를 말하는 것처럼 들렸다.

짐작하지 못하고 있는 클로디아에게 크리스티아나가 미소 지으면서 말했다.

「무엇을 위해 메레아를 기술 시험함으로 개수했다고 생각하는 거야? 앞으로도 메레아는 신형기 테스트를 할 예정이야.」

"기술 시험함 본래의 역할이군요. 하지만 중위는 어찌 됐든 메레아의 크루에게 그 역할이 적절할지 어떨지……."

굳이 구식함을 개수한 이유는 딱히 아탈란테만을 위한 게 아니었다.

앞으로도 기술 시험함으로서 운용하기 위해서다.

때문에 설비를 갖추게 했다.

하지만 그런 기술 시험함을 운용하고 있는 건 의욕 없는 옛 군대 녀석들이다.

크리스티아나도 그 점이 신경 쓰이는 것 같았다.

「그들이 열심히 하는 수밖에 없지.」

"무리하게 특별 임무에 참가시킬 이유가 있습니까?"

「나도 그렇게 생각해. 그런데 그 녀석이 억지로 참가시키겠다고 해서.」

"그 녀석?"

클로디아가 고개를 갸웃하자 크리스티아나는 체념한 표정을 지었다.

이제 와서 결정 사항을 뒤집을 수 없기 때문일 것이다.

「특무함대를 이끄는 건 마리 마리안이야.」

"무슨?!"

클로디아는 그 이름을 듣고 자기도 모르게 소리를 낼 정도로 놀라고 말았다.

지휘관의 이름을 듣자마자 클로디아는 엠마를 걱정했다.

"로드먼 중위가 부서질 겁니다. 가능하다면 명령 철회를 바랍니다. 크리스티아나 님이라면 지금부터라도 시간을 맞출 수 있습니다."

이때는 의지하는 상관이 아니라고 하면 명령은 뒤집힐 거라고 생각하고 있었다.

하지만 크리스티아나는 고개를 저었다.

「그게 가능하다면 내가 막았겠지. 어디서 냄새를 맡았는지, 그분께 직접 로드먼 중위를 지명해서 말이야. 이 명령은 그분의 승인을 받았어.」

클로디아도 그분이 허가를 내렸다는 말을 들으면 물러나는 수밖에 없었다.

"그렇다면 어쩔 수 없군요……."

「응, 그렇지. 우리가 할 수 있는 일은 로드먼 중위가 무사히 하이드라에 돌아올 수 있도록 기도하는 것뿐이야.

◇

전 아탈란테 개발팀이 2년 만에 제7병기공장에 왔다.

메레아가 도크에 고정되자 파견되었던 마그 일행이 함에서 내렸다.

함에서 내린 곳에서 엠마와 모두는 2년 동안이나 함께 개발에 참여해온 기술자들과 인사를 하고 있었다.

몰리가 마그에게 안겨 울고 있었다.

"마그, 잘 지내야 해!"

"몰리 아가씨, 내가 더 연상이라고 가르쳐줬잖아. 그런데 마지막까지 마그라고 부르고 말이야."

어이없어하면서도 기뻐 보이는 마그는 눈물을 글썽이며 이별을 조금 아쉬워했다.

두 사람의 모습을 보고 엠마는 쓴웃음을 짓고 있었다.

"정말 사이가 좋았죠. ——음, 전 이대로 제7에 인사하러 갈게요. 옵션 파츠 수령이랑 회의도 있으니까."

몰리가 그대로 안겨있는 상태인 마그가 엠마에게 동행하겠다고 나섰다.

"그럼 같이 갈까. 나도 보고해야만 하니까."

"그래도 괜찮아요."

"그건 그렇고 2년 만의 귀향이군. 아가씨도 이래저래 그립지 않은가?"

그립냐는 질문을 받아 엠마는 제7에서 경험한 나날을 떠올렸다.

인상에 강하게 남아있는 것은 자신을 구해준 자넷 대위와——자신과 다른 사람을 속이고 습격해온 시레나였다.

"……그렇네요. 여긴 이래저래 인상 깊은 곳이었으니까요."

엠마와 마그 두 사람은 그대로 도크 구역에서 나갔다.

◇

네이아 내부에 있는 건물.

그곳은 제7병기공장의 중추부다.

엠마와 마그 두 사람이 검사를 끝내고 안으로 들어가 회의를 하는 담당자가 기다리는 방으로 향하고 있었다.

도크 안과는 달리 정장을 입은 사무 담당 직원들이 걷고 있었다.

마그는 아무래도 이 건물이 질색인 듯했다.

"오랜만에 와봤는데 기름과 기계 냄새가 안 나는 곳은 진정이 되질 않아."

빨리 끝내고 돌아가고 싶은 모양이다.

거북해하는 마그의 옆을 걷는 엠마는 그 의견에 동의했다.

"저도 딱딱한 분위기는 불편해요."

그런 엠마의 의견을 듣고 마그는 '그야 그렇지'라는 표정을 지었다.

2년이나 메레아에서 같이 지낸 개발팀 멤버 사이다.

평소의 생활도 서로 보고 있었으니.

"군 생활을 하고 있으면 아무래도 부끄러움이라는 게 사라져가니 말이야. 몰리 아가씨도 그렇지만, 엠마도 꽤나 긴장이 풀려있었다고 생각한다고."

"네?! 그, 그렇게나요? 아무리 그래도 몰리만큼 풀리진 않았다고 생각하는데요?"

마그에게 그런 말을 들을 정도는 아니었을 것이라고 말하면서도 엠마는 짐작 가는 구석이 있는지 부끄러움에 얼굴을 빨갛게 물들이고 있었다.

마그는 작게 한숨을 쉬고 엠마의 미래를 생각해 주의를 줬다.

"드워프도 마찬가지지만, 인간은 쉽게 환경에 영향을 받으니 말이다. 내가 봤을 때 엠마는 메레아에서 내리는 편이 좋을 거 같다만."

마그에게 그런 말을 듣고 엠마는 멈춰 섰다.

"네……?"

예상도 못 한 말에 아연실색하고 말았다.

마그도 멈춰 서서 엠마를 설득하기 시작했다.

"개발팀으로서 동승했다만, 미안하게도 빈말로도 훌륭한 녀석들이었다고는 할 수 없어. 애초에 엠마네 소대도 몰리 아가씨 외에는 의욕이 없어. 아니, 몰리 아가씨는 예외지. 그건 기계를 만지고 있기만 해도 행복을 느끼는 인간이니."

마그는 손가락으로 눈구석을 집듯이 비비면서 원래 하던 이야기로 돌아왔다.

"아무튼 난 메레아에서 내려야 한다고 생각해. 이대로 엠마가 저 녀석들한테 물들어가는 모습은 보고 싶지 않아."

의욕이 느껴지지 않는 메레아의 크루들을 직접 보고 마그는 엠마가 영향을 받아 나쁘게 변하지는 않을지 걱정하고 있었다.

메레아를 헐뜯는다기보다는 엠마를 걱정하는 순수한 선의에서 나온 발언이다.

마그가 걷기 시작하자 조금 늦게 엠마도 움직이기 시작했다.

"저는 메레아 사람들이 다시 일어났으면 해요."

엠마가 자신의 마음을 토로하자 마그는 내리라고는 하지 않게 되었다.

"그런가. 뭐, 엠마의 인생이니까. 좋을 대로 하면 되는 거야."

엠마는 마그 옆을 걸으면서 메레아의 크루들을 떠올리고 있었다.

과거에 목숨을 걸고 하이드라를 지켜온 군인들이다.

지금은 마음이 꺾여버렸지만, 엠마는 이대로 내버려 둘 수 없었다.

(어떻게 하면 의욕을 되찾을까?)

모함도 개수했다.

신형 기동기사도 배치했다.

그래도 메레아의 크루에게 큰 변화는 찾아오지 않았다.

여전히 트레이닝하지 않았고, 임무 중에도 의욕이 느껴지지 않았다.

엠마의 기대는 빗나가고 말았다.

생각에 잠겨있는데 십자로 통로에 가까워졌다.

거기서 호통치는 목소리가 들려왔다.

"이야기를 듣고 있는 거냐, 니아스!"

아는 이름이 들려서 엠마는 생각을 멈추고 목소리가 난 쪽으로 향했다.

목소리는 십자로에서 우회전한 곳에서 들려와서 엠마와 마그 두 사람은 서로의 얼굴을 마주 보고 고개를 끄덕였다.

그리고 벽에서 얼굴을 슬쩍 내밀고 호통치는 목소리가 들린 현장을 엿봤다.

거기서는 상사로 보이는 정장을 입은 남자가 니아스에게 따지고 있었다.

니아스는 벽 쪽으로 몰려있었다.

얼핏 보면 강압적으로 구애를 받는 것처럼 보이기도 했지만, 상사의 얼굴을 보면 그건 아니라는 걸 쉽게 상상할 수 있었다.

얼굴을 붉히고 귀신처럼 무서운 표정을 짓고 있었다.

그에 비해 벽을 등진 니아스는 시선을 돌리고 무시하고 있었다.

"넌 우리한테 얼마나 폐를 끼쳐야 직성이 풀리는 거냐!"

아무래도 문제가 일어난 것 같은데, 니아스에겐 폐를 끼쳤다는 인식이 없었던 모양이다.

주머니에서 사탕을 꺼내더니 입에 물고 답했다.

"문제 해결에 협력했을 뿐이에요. 그 계획을 진행했으면 결국은 좌초됐을 거예요. 오히려 제게 감사해야 할 정도라고요."

"감사라고?! 네가 할 말이냐!"

무표정── 눈 아래에 다크서클이 있고 머리카락은 부스스한 니아스는 상사 앞에서 태도를 고칠 생각은 없는 것 같았다.

엿보던 마그가 상사에 대해 이야기했다.

"허 참, 높으신 분 상대로도 거침이 없군. 니아스 아가씨는 정말 무서운 게 없나?"

"……니아스 씨, 실은 대단한 사람이에요?"

"아니, 응. 대단하긴 하지만 속세를 벗어난 사람이라 해야 하나? 주위의 평가를 신경 안 쓴다고 해야 할까, 뭐랄까…… 뭐, 관심이 없는 사람한테는 저런 태도지."

니아스의 흥미를 끌지 못한 상사는 분개하면서 말했다.

"이번에야말로 용서 안 한다. 당분간 개발에 손도 못 대게 해주마! 아예 또 영업으로 굴려줄까?"

니아스보다 연상이니 상대는 제7병기공장의 간부일 것이다.

적어도 저런 말을 한다는 건 인사결정권과 관련이 있다는 의미다.

하지만 니아스의 태도는 조금도 변하지 않았다.

상사에게서 얼굴을 돌리고 작게 한숨을 쉬었다.

개발에서 손을 떼라는 말을 들었는데도 타격을 받은 기색이 없었다.

오히려 이러는 시간조차 아깝다는 표정이었다.

마그는 그 태도를 보고 뭐라 형언할 수 없는 표정을 짓고 있었다.

"니아스 아가씨는 여전하군."

매드 지니어스라 불리는 니아스는 이전부터 불손한 태도가 두드러졌다.

압도적인 실력으로 주위 사람의 입을 다물게 만드는 고독한 천재—— 그것이 니아스에 대한 엠마의 평가다.

"니아스 씨는 까다롭죠. 누구에게도 마음을 열지 않는 느낌이 들어요."

그러자 마그가 한순간 놀라고—— 입을 크게 벌리고 웃기 시작했다.

"확실히 까다롭고 마음을 연 모습도 본 적이 없군. 하지만 말이다, 니아스 아가씨도 당해내지 못하는 사람이 있다고. 그 사람 앞에서는 다른 사람이 된다는 소문이 있지."

눈앞에서 부루퉁해 있는 니아스가 다른 사람처럼 행동한다는 말을 듣고 엠마는 믿을 수가 없었다.

"정말요?"

"아가씨가 여기에 온 지 몇 년 됐을 무렵이었나? 지금보다 사람을 대하는 태도는 좋았지만, 역시 인간관계 때문에 문제를 일으키고 있었지. 상층부가 조금은 커뮤니케이션을 배우고 오라면서 판매원을 시켰던 시기가 있었어."

마그는 팔짱을 끼고 진지하게 이야기했지만, 엠마는 믿기 어려웠다.

"니아스 씨가 판매원을 하는 모습은 상상도 할 수 없어요. 그보다 간부를 상대로 부루퉁해 있는 모습을 보고 있으면 도저히 믿기지 않지만요."

"뭐, 능력에 비례해서 성격에 난점이 있으니까."

마그에게 성격이 안 좋다는 말을 듣는 것도 어쩔 수 없는 일일 것이다.

두 사람이 이야기하고 있으니 니아스의 단말기에서 착신음이 울렸다.

중요한 인물로부터 온 연락이었는지 니아스가 몸을 움찔하고 떨었다.

엠마는 설교 중에 착신음에 방해를 받은 간부가 더 화낼 줄 알았는데, 현실은 달랐다.

간부가 놀란 얼굴로 어째 식은땀을 흘리고 있었다.

간부는 상대가 누구인지 아는지, 니아스에게 손가락질하면서 설교를 급하게 마무리해버렸다.

"손님의 호출이다. 오늘은 여기까지 하지. 알겠냐, 절대로 실례되는 일이 없도록 응대해라! 알겠지!"

거듭 주의를 주고 도망치듯이 떠나가는 간부를 보고 엠마는 고개를 갸웃거렸다.

　무엇보다도 니아스의 태도를 보고 놀랐다.

　불손하던 태도는 어디 갔는지 불안해하며 허둥대기 시작했다.

　마그는 뭔가 알고 있는지 히죽거리고 있었다.

　니아스가 주위를 둘러보며 적당한 방을 찾기 시작했다.

　상대와의 대화를 다른 사람이 듣지 않았으면 하는 모양이다.

　그때 니아스는 손으로 자신의 머리카락을 다듬었다.

　엠마는 깜짝 놀랐다.

　(니아스 씨가 외모를 신경 쓰고 있어?!)

　간부 앞에서 칠칠치 못한 모습을 보이며 아무렇지도 않은 얼굴을 하고 있었는데 지금은 황급히 행색을 신경 쓰고 있었다.

　그만큼 중요한 상대겠지만 간부는 「손님」이라고 했다.

　개인적인 관계자나 연인 같은 사람은 아닐 것이다.

　하지만 그게 더더욱 엠마를 당황스럽게 만들었다.

　(니아스 씨도 행색을 신경 쓰는 상대가 있었구나. 어어……?)

　그리고 엠마는 니아스를 보고 하나 더 알아차렸다.

　개인용 방을 찾아서 방에 들어가는 순간에 니아스가 확실하게 볼을 어렴풋이 빨갛게 물들이고 있지 않은가.

　너무 놀란 엠마는 소리칠 뻔해서 양손으로 입을 막았다.

　니아스가 개인실에 들어가자, 엠마는 마그에게 말을 걸었다.

　"……니아스 씨도 저런 얼굴을 하네요."

　엠마의 반응이 재밌었는지 마그는 입을 크게 벌리고 웃었다.

"우린 몇 번이나 보고 있지만 말이다. 근데 상대를 알면 아가씨가 놀라지 않을까?"

니아스가 그런 얼굴을 하는 상대는 누구인가? 엠마는 궁금해지기 시작했다.

아무래도 마그는 상대도 알고 있는 듯하니 물어보기로 했다.

"누군데요?"

마그는 잠시 생각하고 머리를 긁었다.

"음~, 엠마도 아는 사람인데…….""

"제가 알고 있는 사람이라고요? ……누구지?"

고개를 갸웃거리는 엠마를 보고 마그는 뭔가를 떠올렸는지 짓궂은 표정을 지었다.

"아~, 이건 말 안 하는 편이 재밌을 것 같네."

엠마는 말하지 않는 편이 재미있다는 판단을 내린 마그에게 물고 늘어졌다.

"앗, 가르쳐주세요. 저도 니아스 씨가 어려워하는 사람을 알고 싶은데."

호기심에 물어보는 엠마를 두고 마그는 걷기 시작했다.

"중요한 손님의 정보는 가르쳐줄 수 없지. 비밀 유지 의무라는 거지. 뭐, 조만간 알게 될 거다."

◇

제7병기공장의 도크.

그곳에는 수도성에서 온 우주 전함 집단이 입항해 있었다.

초거대 수송선도 합류한 집단은 항구에 오자 크루에게 잠깐의 휴가를 줬다.

그중에는 청년 기사가 있었다.

그는 부하 기사들을 데리고 걸어가고 있었다.

청년이 항구에 멈춰 서서 한 척의 전함을 올려다봤다.

원기둥형 도크 안.

천장── 반대편에 보이는 것은 경항모 메레아였다.

멈춰 서서 하늘을 올려다보고 있는 청년── 상관을 미심쩍게 여겼는지 부하들은 무슨 일이냐며 물었다.

"러셀 대장님, 왜 그러십니까?"

청년의 이름은「러셀 보너」.

기사로서 엘리트 코스를 밟은 러셀은 엠마와는 동기 사이다.

기사 학교를 졸업한 후에 바로 수도성에 체재하는 영주의 호위로 선발되었다.

그런 그가 이곳에 있는 건 기동기사 소대를 이끌고 어떤 임무에 참가하기 위해서다.

러셀은 부하의 질문에 답을 얼버무렸다.

"……아니, 아무것도 아니다."

러셀이 걸어가기 시작하자 부하들도 뒤따랐다.

러셀의 부하는 둘.

그리고 둘 다 우수한 기사다.

부하 중 한 사람이 화제를 던졌다.

"그러고 보니, 소문으로 들었습니다. 확실하진 않지만, 신형을 개발한 녀석들도 이번 임무에 참가한다고 합니다."

또 한 명의 부하도 그 화제에 동참했다.

"네반의 에이스 전용기라더군요. 우리한테도 배치 안 되려나~."

가벼운 분위기가 눈에 띄는 기사들인데, 러셀을 포함해서 모두가 엘리트 코스를 밟고 있는 기사들이다.

그들은 이번 임무를 위해 일부러 네반 타입의 신형 커스텀기를 받았다.

기사만으로 편제되어 신형 커스텀기를 수령하는 소대다.

번필드가 안에서 봐도 정예부대라 부를 수 있을 것이다.

분위기가 가벼운 부하들에게 약간 질려하면서도 러셀은 고지식하게 대답했다.

"네반을 개발한 건 제3병기공장이다. 제7에서 네반을 줄 리가 없지 않나."

부하 두 사람이 어깨를 으쓱였다.

"아쉬워라~."

"그보다 우리도 신형기를 막 수령한 참이지만요."

또 한 명의 부하가 그 의견에 반론했다.

"신형이라도 커스텀기지? 난 전용기를 갖고 싶어. 이번 임무에서 활약하면 윗선이 상으로 주지 않을까?"

꽤나 오만한 언동이 눈에 띄는 부하들이지만 번필드가의 기사 학교를 우수한 성적으로 졸업했다.

계급은 중위.

그런 그들을 이끄는 러셀은 이미 대위로 승진해 있었다.

다만 기사 랭크는 C인 그대로다.

실전 경험이 부족하다고 보아 기사 랭크 승격은 보류되었다.

그리고 러셀은 먼저 B랭크로 승격한 동기의 존재를 강하게 의식하고 있었다.

──엠마 로드먼.

예전에 자신이 기사를 그만둬야 한다고 말한 동기는 지금은 자신을 앞질러 B랭크로 승격해 있었다.

(──누가 위인지 확실하게 해주지. 폐급 엠마 로드먼에게 뒤처질 수는 없다.)

엘리트 기사의 자존심 때문에 러셀은 엠마를 강하게 의식하고 있었다.

계급으로는 이기고 있지만 기사 랭크는 뒤떨어진다.

러셀은 그게 용납이 안 됐다.

러셀 나름의 고집과 엘리트의 긍지가 엠마를 인정하려 하지 않았다.

(이번 임무에서 흑백을 가려주지. 기다려라── 엠마 로드먼!)

후기

「나는 성간 국가의 악덕 영주!」의 외전인 「나는 성간 국가의 영웅 기사!」 2권이 무사히 발매되었습니다!!

속간이 나온다는 건 정말 멋진 일이네요.

작가로 데뷔한 지 10주년이 되는데 속간을 낼 수 있다는 것에 매번 행복을 느끼고 있습니다.

참고로 「나는 성간 국가의 영웅 기사!」 2권이 10주년을 맞이하고 첫 번째로 나온 서적입니다.

설마 외전 작품이 10주년의 단락을 장식하는 작품이 될 줄은 몰랐습니다(웃음).

정신을 차리고 보니 저도 작가 11년 차에 돌입했는데, 다음 12년 차를 맞이할 수 있도록 열심히 할 테니 응원 잘 부탁드립니다.

자, 개인적인 이야기만 써도 재미없으니 이번에는 외전에 등장하는 본편의 캐릭터에 대해 쓰도록 하겠습니다.

이번 권을 보면서 가장 놀란 본편 캐릭터는 니아스 칼린일까요? 그 외에도 클라우스와 첸시 등등도 등장했지만, 니아스 정도로 본편과 동떨어진 캐릭터는 아니었을 겁니다.

이번 권에서는 본편에선 절대로 볼 수 없을 니아스의 일면을 묘사할 수 있었습니다.

본편의 주인공인 리암 앞에서는 절대로 보이지 않을 모습이죠

(웃음).

웹판에 투고했을 때는 동성동명인 다른 사람이 아닌가? 하고 의심을 받았지만요(웃음).

동일 인물이니 그 부분은 안심해주세요.

사실은 패러렐 월드에서~ 라는 전개는 없습니다.

이번 권의 니아스도 그녀의 일면입니다.

이 작품을 웹에 투고하기 전에 전 외전 작품에서 하고 싶은 것을 몇 가지 생각했습니다.

그중 하나가 외전에 본편 캐릭터를 등장시킨다, 입니다.

스쳐 지나가는 정도의 등장이 아니라 제대로 등장시키자!

그렇게 하는 김에 본편에서는 볼 수 없는 캐릭터들의 측면을 쓰면 재밌겠다!

그런 기분으로 쓰기 시작했죠.

그 무렵에는 서적화 같은 건 생각지도 않았으니, 정말 가벼운 마음으로 시작했습니다.

주인공 엠마의 시점으로 세계관뿐만 아니라 본편의 캐릭터들이 어떻게 보이는가?

본편만으로는 보충할 수 없는 부분을 외전에서 즐겨주셨으면 좋겠습니다.

그럼 앞으로도 응원 잘 부탁드립니다!

お客様からの呼び出しに慌てる人

今後ともよろしくお願いします。
作 高峰ナダレ

I AM THE HEROIC KNIGHT OF THE INTERSTELLAR NATION Vol.02
©2023 Yomu Mishima
First published in Japan in 2023 by OVERLAP, Inc.
Korean translation rights reserved by Somy Media, Inc.
Under the license from OVERLAP, Inc., Tokyo JAPAN

나는 성간 국가의 영웅 기사 2

2024년 3월 15일 1판 1쇄 발행

저   자 미시마 요무
일 러 스 트 타카미네 나다레
옮 긴 이 박정철
발 행 인 유재옥
이   사 조병권
출판본부장 박광운
편 집 1 팀 박광운 최서영
편 집 2 팀 정영길 조찬희 박치우 정지원
편 집 3 팀 권진영 오준영 이소의
디자인랩팀 김보라 박민솔
디지털사업팀 박상섭 김지연 윤희진
라이츠사업팀 김정미 맹미영 이윤서
영업마케팅팀 박수진 이다은 최원석
물 류 팀 허석용 백철기
경영지원팀 최정연
인쇄제작처 ㈜코리아피엔피
발 행 처 ㈜소미미디어
등   록 제2015-000008호
주   소 서울시 마포구 토정로222, 403호 (신수동, 한국출판콘텐츠센터)
판매 및 마케팅 (070) 8822-2301

ISBN 979-11-384-8232-5
ISBN 979-11-384-7880-9 (세트)